JN056528

「カイルヴィス……」
ずきり、とエルナの胸が強く痛んだ。
過去の記憶が流れるように体中を満たしていく。
知っている。エルナは、この男を知っている。

クロス
ウィズレイン王国を
治める若き王
エルナ
前世は竜だった少女。
クロスと婚約中

カイル
隣国マールズ
からの使者
フェリオル
クロスの弟。
真面目な少年

『私、人間のことは好きって言ったじゃない』
彼女はフェリオルと街を出歩いていた際に出会った高位の水の精霊だ。驚くよりも困惑するが、声すら出すことができない。精霊は、もうエルナのすぐ背後に立っている。

ウィズレイン王国物語
～虐げられた少女は前世、国を守った竜でした～
2
雨傘ヒョウゴ
イラスト：LINO

Wizrain Kingdom Story

The oppressed girl was the dragon who protected her country in a previous life

2

CONTENTS

第一章　竜の少女は城にいる

Wizrain Kingdom Story

過去、この国には一匹の竜がいた。

竜はガラスのような鱗《うろこ》を持ち、背には勇者を乗せ国を守り、どこまでも高く空を飛んだ。

人々は竜を愛し、彼女が国を去った後もその名を伝えた。

いつの日か、竜がまた帰ってくる日を待ち望んだからだ。

長い、長い年月が過ぎ、そして――。

＊＊＊

「どうにも最近、市井ではエルナルフィアの生まれ変わりが城に住んでいると噂《うわさ》されているらしいぞ」

と、面白げに話すのは金髪の美丈夫だ。きらびやかな顔面かつ王子様然とした風貌であるが、実際もこの国――ウィズレイン王国の国王であり、そして類稀《たぐいまれ》なる馬鹿力の持ち主である。とてもとても長い本名を持つため国民は彼のことを死した勇者の名であるヴァイドと呼び、身近な者はクロスと呼ぶ。

手の中の資料に目を通しながら、ふと思い出したように顔を上げて告げたクロスの言葉を聞いた瞬間、エルナはぶふっと口の中の紅茶を噴き出しそうになった。

「げほっ、げほ、げほっ、な、何……？」

「ん？　そんなに驚いたか？」

「そうじゃなくて、この紅茶がすごく苦いの！」

涙目のままなんとか口元を押さえていると、頭の上に乗ったハムスター精霊がハムハムと心配そうに小さな手でエルナのアプリコット色の髪をぺちぺちと叩《たた》いている。お茶の時間になるとこうして執務室に呼ばれる――のは次第にいつものこととなってしまって、今やクロスがつまむ菓子と紅茶を運ぶのはエルナの役目になってしまった。

いつもなんだかんだといって口の中へと菓子を詰め込まれてしまうのだが、今日に限ってはクロスが持つカップの中身をエルナが不思議そうな顔をして見ていたため、「飲んでみるか」と声をかけられ、こくこくと何度も頷《うなず》いてしまったのだが。

……黒い汁のような奇妙な飲み物は、この世のものとは思えないくらいに、苦かった。

渋い顔をして両手を伸ばしながらカップから顔を遠ざけるエルナを見て、クロスはくつくつと肩を動かしている。次第に怪しい気持ちになってきた。

「……これ、本当に飲み物だった？」

「間違いなく飲み物だ。紅茶ではないがな」

そう言うクロスは自分のカップの取っ手に指を添えて、ついと優雅に持ち上げ匂いを楽しんでいる。その姿を見て、エルナは訝《いぶか》しみながらもう一度カップを近づけてみた。それからすぐにぶるぶると首を振って距離を置く。一緒に匂いを嗅いだハムスター精霊はピンクの鼻の先を震えさせて、くわ、と口を開いたまま固まっていた。

慣れないものに手を出すのはやめておこう、と部屋の端にあるテーブルにカップを置いた。

「それで、エルナルフィアの生まれ変わりがいるって噂になっているって、どういうこと？」

自分で問いかけながら、なんとなく原因は想像できてしまう。

――発端はエルナの義理の姉、ローラが起こした騒動だ。

ローラは自身こそがウィズレイン王国の守護竜であるエルナルフィアの生まれ変わりだと多くの人々の前で主張した。だが事実は違う。竜の生まれ変わりである少女は、ローラではなくエルナだった。

ローラの虚言はすぐさまクロスに見破られたが、ローラはエルナから奪った竜の生まれ変わりである証明――竜の鱗を握りしめていた。ローラとその家族は罪を問われ、人知れずしかるべき場所に移送されたが、ローラが竜の鱗を持っていたという事実は変わらない。

エルナが竜の生まれ変わりであるということまでは知られずとも、ローラがもたらした波紋は静かに広がっていく。

だからこそ、街で噂になる程度ならば想像できたことだったのだが。

「……生まれ変わり部分はともかく、城に住んでいる、というのは随分具体的よね？」

噂がローラのことを指しているのなら、たしかに城で逗留《とうりゅう》していた期間はあったので間違いはない。だが城に居たのもそう長い期間ではなかったし、今は表向きは両親とともに領地に戻ったということになっているので違和感がある。

首を傾《かし》げるエルナを見てクロスは子どものような笑みを作った。

クロスはたまにこういった顔をするので、エルナは思わず唇をきゅっと噛《か》みながら、なんとなく顔をそむけてしまう。

「俺も奇妙に思ったので調査はしてみた……が、そこまで不安に思う必要はなさそうだ」

「つまりどういうこと？」

「そうだったらいいという願いが、噂の一部を変えただけのようだ」

もしかするとエルナのことがどこかから漏れてしまったのか……と考えたが、事情が異なりそうだ。言葉の意味を捉えかねて眉をひそめると、クロスは楽しげな顔のまま、細い、けれどもエルナよりもずっと大きな指先をくるくると宙で回す。

「どうやらエルナルフィア様の生まれ変わりが、現れたようだ」

民の言葉を代弁しているのか、いつもよりも口調が平坦《へいたん》だ。

「しかし、それが誰なのかわからない」

くるり、とまた指を回す。

「けれど生まれ変わりのお方がやってきてくださったというのなら、きっと自分たちの近くにいるはずだ。いや、そうであってほしい」

まだ指は動いている。

「じゃあどこにいるのか。——もちろん、一つしかない」

ぴたりと指先が天井を指した。

「きっと、エルフィナルフィア様は、今はお城にいらっしゃるはずだ」

長い間の後で、「……なるほど」とエルナは呟《つぶや》いた。

なんとも言えない気分だった。

「エルナ。お前は愛されているなぁ」

だというのに、エルナの心の底にあった気持ちをクロスが的確に言語化してくる。

「やめてよ」と、冷たい声が出たのは、照れてしまっている感情がわずか程度にはあるためだと、自分でもよくわかっている。

「もちろん俺からもな」

「だ、だからやめてったら！」

さらりと続いた言葉に対して、今度は自分の髪の色と同じくらいに頬を真っ赤にして叫んでしまった。このところ、いつもこれだ。

クロスの嫁になるとエルナは決めた。そう決めたときこそはお互いにどうしようもない顔をして、もしかすると少しくらいエルナの方が優位に立っていた気がする。なのに、いつの間にか結局いつも通りの関係に戻っていてクロスにからかわれる毎日だ。

正直、若干の不本意さはあるが、仕方ないとも思っている。

なんせ、と少しだけ考えてしまった。

「まあ、此度《こたび》の噂に対して不安に思いすぎる必要はないだろうが、偶然とはいえ事実を言い当ててしまっているわけだ。気に留めておくに越したことはなかろう」

「うん……」

視線をそらすとテーブルの端に置かれたままになっている先程の奇妙な飲み物が見えた。苦くて思わず噴き出してしまいそうになったけど、なんとか我慢できてよかった……と思うくらいにはエルナはクロスを前にするとぎゅっと胸が痛くなってしまうのだ。

そんな姿をクロスに見せるわけにはいかない、と心の奥から湧き出る感情が恥ずかしいのに、今の自分は嫌いじゃない。むしろ、とまで頭の中で言葉にしたところで、びっくりするほど熱くなった自分の首を手のひらで冷やした。でもエルナは火の魔術を扱うからか、人よりも体温が高いのでまったく意味がない。

奇妙にぱたぱたと挙動不審に動くエルナに「どうかしたか？」と不可解そうにクロスが問いかけてくる。エルナのことはなんでもお見通し、というふうに思えるのに、さすがのクロスでも奇天烈《きてれつ》に変化するエルナの心情を慮《おもんぱか》ることは難しかったらしい。それがまた、さらに恥ずかしく感じてしまう。

クロスはすっくと椅子から立ち上がった。「本当に、どうかしたか」と言って、机を避《よ》けてずんずんエルナに近づく。「なんでもない、なんでもない」となんでもあると言っているような声で繰り返すエルナを、とうとう見下ろすほどの距離に来てしまった。あっ、と思った。

きらきらと輝くような綺麗《きれい》な金色の瞳が、じっとこちらを見つめている。クロスの大きな手のひらが、エルナの手首をゆっくりと、けれどもしっかりと摑《つか》んだ。きゅっと引っ張られて、ぐんと近づく。無意識にエルナは顔の角度を上げた。それからそっと目をつむった。するりとクロスが動く気配がする。わずかな布ずれの音に緊張して、エルナはさらに強くまぶたを閉じた。――そうして、覚悟を決めたそのときだ。

唐突に、魔術の気配が部屋に飛び込んだ。慌てて目をあけて周囲を見回す。クロスをかばう形で動いたつもりが、なぜだか、かばわれる形になっているのは不本意だったが、そんなことを考えている場合ではない。エルナが青い瞳の色をさらに濃くして魔術の気配を探ると、テーブルの上に先程まではいなかった一羽の白い鳩《はと》がぱさぱさと羽を動かしていることに気づいた。そして鳩がぱさりともう一度羽を動かした途端、ほどけるように一枚の紙に変化した。

「伝書魔術か」

「……伝書、魔術？」

「風の精霊術の一種だ。比較的最近生み出された技法だな」

聞き覚えのない単語を繰り返すエルナに返答しながら、クロスはテーブルの上に置かれた紙におもむろに手を伸ばす。おそらくなんらかの文面が書かれているのだろう。クロスの視線がするすると文字の上をなぞっているのがわかる。

今では古代遺物《アーティファクト》と呼ばれるようになってしまった過去の遺物のように、人は長い時間をかけて新しい技術を生み出していくのね、とふと記憶にある懐かしい姿を思い出しながらしみじみ考えていたとき、エルナはハッとした。そしてわなわなと震えた。さっきまでの自分は、ものすごく、受け入れていた。

何を、とは言わない。でもとにかく受け入れていた。紙を見ているクロスの視界に自身が入っていないことをいいことに、顔を両手で押さえてぷるぷるする。

（く、クロスと、き、キスをするくらい、初めてでは、ないけれどもっ！）

言わないと言ったのに、はっきりと考えてしまった単語にさらに耳の裏が熱くなってくる。

（こっ、こんなふうに、なし崩しみたいにするのは違うような気がするから！　よかった！　止まってよかったあ！）

心底ほっとして息をついているエルナだが、多分そのとき一番安心していたのは、エルナの頭の上で為《な》す術《すべ》もなく固まっていたハムスター精霊である。

『ご、ごんす……』

と切なげな声を出して、エルナがクロスと会うときはなるべくポケットの中に隠れておこう……と考えていることを、エルナは知らない。

「なるほどな」

そう言ってクロスが伝書魔術で届いた紙から顔を上げるまで、あまり長い時間はかからなかった。けれどエルナ、そしてハムスター精霊が互いに動揺から回復するには十分な時間で、エルナはなんてことのない表情を作ってクロスを見上げる。

「伝書ということは、誰かからの手紙ということ？　私書、みたいな？」

考えてみれば、ここはクロスが普段使用している執務室だ。ウィズレイン王国は古代遺物なる結界に守られており、私室を含め、特に王が使用する部屋はどれも厳重な守りが施されている。その隙間を縫ってやってきたということは、もともと許可された人間からのものである可能性が高い。

「手紙か……まあ、そうだな。手紙だ」

窓の暖かな陽光を背にしてクロスはエルナの声にちらりと視線を向けた。そしてどこか意味ありげに口の端を上げたが、妙にアンバランスな光景で一体何を考えているのかよくわからない。

「……誰からの？」

だから思わず問いかけてしまった。その後で、「あ、ううん。別にいい」とすぐに否定した。人の手紙をわざわざ知ろうとするのは無粋なことのように思ったし、そもそもクロスはこの国の王なのだ。エルナに告げることができないような内密の話など山程あるに違いない……と考え直しての言葉だったのだが。

「気になるのならば目を通しても構わんぞ」

あっさりと返答されたので知らずに組んでいた腕が解《ほど》けてしまった。

拍子抜け半分、好奇心が半分。

「見てもいいものなの？」

「うむ」

ここでエルナは気づくべきだった。クロスの口元が、妙にいたずらめいていることに。

クロスの前世であるヴァイド——この国を作った勇者はいたずら好きな男だった。そのことにエルナルフィアは頭を痛めたものだが、たとえ過去の記憶があろうとも、現在はまだまだ十六の小娘であるエルナはすんなりと手紙を受け取り、その中身に目を通した。

そして、少しずつ表情を失っていった。それこそ、ぽろぽろと感情を落としていくように。

——届いた手紙の正体。それはなんと、クロスに対して熱烈な愛を綴《つづ》った恋文《ラブレター》だった。

もちろん宛名は女の名だ。相手からの一方的な恋慕かと思いきや、クロスも相手の想《おも》いに応えたことがあるらしく、丁寧に過去の思い出まで書き記されている。

くしゃり、と指に力が入った音がする。頭の上で、ハムがはわわと小刻みに震えていた。

「へー……わざわざ、王の執務室まで届ける許可を出してるんだねぇ」

「うむ。驚きだろう。実はだな」

「うん、驚いた」

クロスが言いかけた言葉をエルナがさらに強く被《かぶ》せる。そのとき、視線をそらしていたクロスは初めてエルナの顔を真正面から見て、珍しくたらりと背中に冷や汗が流れるのを感じた。

感情をなくした、いやそれよりもさらに冷たい瞳である。

「うん、自分に驚いたっていうか」

口調は淡々として、持っていた手紙を手のひらごとばしりと机に叩きつけるように置く。

もちろんハムは手紙と一緒にちょっと跳ねた。

「嫁になるとは言ったけど、クロスは王族だもの。側妃、というかいい人の一人や二人いてもおかしくないよね。そもそも私が正妃だとも聞いてないし。その可能性を考えなかった自分に驚いた」

「待て、エルナ」

「いいよ、全然。そもそも私に許可なんてとる必要もないもの。自分の考えが浅かった。ただそれだけだから」

エルナはくるりとクロスに背を向けた。そしてつかつかと扉に向かったところを「誤解だ」と慌ててクロスは腕を伸ばそうとしたのだが――。

「仕事があるから。ついて、こないでくれる？」

冷え冷えとした竜の瞳に睨《にら》まれ、それ以上動くことができなかった。

「何よ。何よ、何よ」

むくむくと怒りの気持ちが湧いてくる。エルナはメイドのお仕着せを着たままにずんずんと街を進んだ。

「何よ何よ、ほんとに何よ」

とにかくがむしゃらに叫びたい気分だった。けれどももちろんそんなことはできないから、喉の奥に声を留《とど》めて、ぐっと呑《の》み込む。でもそれでも我慢することができなくて、「ばか！」と吐き出した。と思ったら、ぽろりと涙がこぼれてしまった。

そのことが、とにかく情けなかった。一旦息を吸い込んで顔を下に向けた。乱暴に目頭を拭うとハムスターの精霊が心配そうにポケットから顔を出しているのが見えたから、まだぎこちない手で、エルナはハムスターの頭をゆっくりとなでた。人差し指でこするようにふわふわの頭を触っていると少しずつ落ち着いてくる。

赤くなった目のまま道の真ん中に立っているわけにもいかなくて、ベンチに腰掛けて考えた。

誤解、とたしかにクロスは言っていた。ということはなんらかの意味があるのだろう。

それならやっぱり、エルナに怒る権利はない。クロスは王だ。自分で言った通りに側妃の一人や二人いてもおかしくないし、エルナが嫁になるとクロスに告げた理由は、実家であるカルツィード家と縁を切りたいという理由以上に、彼を支えたいと思ったからだ。

正妃である必要は、どこにもない。

わかっているのに胸の中に渦巻く感情が悔しくて、苦しかった。

「……よし、落ち着いた」

立ち上がって、ぱちん、と頬を叩く。

本当は全然そんなことはないけれど、声に出すと実際に元気になったような気がしてくる。

クロスに仕事があると言ったことは事実だった。いつもの店にお使いを頼まれていたのだ。泣いたことがわかる顔で行くわけにはいかないと少し時間を使ってしまったが、落ち込んでいたとしても仕事を不真面目にする理由にはならない。

「ええっと、サンフラワー商店には……」

数歩進みながら改めて目的を口にしたところで、「今だ！」と背後から声が聞こえた。

次の瞬間、エルナの視界は暗闇に埋め尽くされた。

「それで！　どうするんだよこいつを攫《さら》って！」

「どうするって王に会いに行くんだつってんだろ！　お気に入りのメイドだってんなら話くらいは聞くだろ！」

「でも王に会うっつってもさぁ、それこそ門前払いじゃね？」

「だから！　この女を攫ったんだろうが！」

盛んに言い争っているのはまだ年若い青年たちだ。数えたところ七人。見張りを含めればもう少しいるかもしれない。バンダナを巻いた茶髪のリーダーらしき青年は犬歯を見せるように大声を上げ続けている。

エルナはロープでぐるぐる巻きに拘束され、座り込んだまま周囲を観察した。

布袋を被せられて運ばれた際はどこかの隠れ家にでも連れていかれるのかと思ったのだが、周囲を積んだ丸太で囲んで目隠ししているだけのその場所は、隠れ家というよりも秘密基地といった方が正しい気がする。見上げると青空の下でちろちろと小鳥が飛び、朗らかな日差しが暖かい。ちなみに今、エルナのポケットの中は空っぽだ。

「見たんだよ、俺は！　こいつが、ヴァイド王と一緒にエルナルフィア様の生誕祭で歩いてたのをさぁ！」

リーダーらしきバンダナの青年が何度もエルナを指差しながら仲間たちに主張している。エルナは手が動くなら、頭を抱えたい気持ちになった。

（そういうことだったのね……）

「おいメイド！　どうやったら王に会えるんだよ！」

「どうやったらって……？」

「お前は王のお気に入りなんだろ！　なら、お前の言うことならなんでも聞くはずだろうが！」

エルナは段々目眩《めまい》がしてきた。

「つまり確認するけど。私を誘拐した理由は、王にお目通りを叶《かな》いたいという、ただそれだけ？」

「そうだ！　それで、俺たちの言うことをなんでも聞いてもらうんだ！」

「馬鹿らしい……ううん、もうちょっと深い意味があるのかも、なんて疑っていた自分が一番馬鹿らしい」

「はあ？」

バンダナの青年に睨まれることを気にすることなく、ため息をつきながらすくりと立ち上がるエルナを見て、青年たちは目を見開く。「おい、勝手に動くな」と一番年若い少年がエルナを恫喝《どうかつ》するように近づいた。「リーダーが話してんだろ」と、少年が最後まで言葉を発することはなかった。なぜだか少年が吹き飛んでいってしまったからだ。

来た道を逆にたどるように、いや空を飛んで白目を剝《む》いて仰向《あおむ》けになっている少年を見て、仲間たちは事態を理解することもできずにぽかんと口を開き、倒れている少年からただのメイドだと思っていた少女へと視線を移動することしかできない。

ぱらぱらと、エルナをしばっていたはずのロープがエルナの足元にちぎれ落ちた。

「あ？　あ、あ……？　なんで、ロープが……？」

「市井に噂が回っているとか言われたから、それ関連なら探ろうと思ってわざと攫われてみたけど関係ないみたいだし。本当にがっかり」

「は……」

エルナの言葉は、エルナルフィアの生まれ変わりが城に住んでいる……と噂が流れたというクロスからの忠告を指していたのだが、もちろん青年たちにはわからない。

理解ができない事態を前にしたとき、人は様々な反応をする。まず、彼らに湧いたのは怒りだった。混乱した者も中にはいたが、「一体あいつに何したってんだ、おい……」と怒りのあまりに静かに喉を震わせるリーダーらしき青年に引きずられ、仲間たちは慌てて懐からナイフを取り出し携える。

「お前……魔力持ちだったのかよ。でも魔術師じゃねぇ、たかが王宮のメイドだろ。こっちは何人いると思ってんだ」

「あのさ。私もこの間の件で、色々と勉強したのよ」

この間の件とは、忘れもしない教会での事件だ。

司祭は魔の者の手先に入れ替わっており、操っていた人間たちはただの土塊《つちくれ》だった。そのことに気づかず幾度も立ち上がる土塊たちを相手にエルナは苦戦を強いられた。人は殺せない。いや、殺したくはない。多くの死を見届けたエルナルフィアとしての記憶と、エルナの感情が交ざり合い、これはもう、譲れない信条となっている。

しかしそのことで、クロスの足を引っ張るわけにはいかない。

「だからまずは一発。思いっきり腹に叩き込んでみることにした。意識を失うならただの人間。そうじゃないなら人以外の何か。手加減する必要なく、消し炭にしてやったらいいだけ」

「け、消し炭……」

「びびんな！　どうせ口だけだ！」

腰が引ける仲間にリーダーが発破をかけるように声を荒らげる。

「おい！　見張りも全員こっちに来い！　今すぐだ！」

青年が叫ぶと、何があったとわらわらとさらに人が増えてきた。エルナは微笑《ほほえ》みながら拳を握る。

「でもこれであなたたちは人だとわかったから。安心してぶん殴れる」

「意味わかんねぇこと言ってんじゃねぇ！」

リーダーが勢いよく取り出したナイフを見て、エルナはきょとんと目を丸くした。その表情を見て青年は満足そうににやついたが、すぐさまエルナも先程と同じく微笑んだので、一瞬青年は拍子抜けした。

口元だけに笑みを残したまま、エルナはするりと瞳を細める。

「おいで。殺さない程度に、もう馬鹿なことを考えないように。――とっても丁寧に痛めつけてあげるから」

＊＊＊

クロスがその場に到着したのはそれからすぐのことだった。信用できる近衛《このえ》騎士のみ引き連れたどり着いてみると、大勢の青年たちがぼこぼこにされて仰向けに倒れており、立っている者はエルナだけという、見るも無惨な光景であった。

「あれ、来ちゃったの？」

『ごんすー！』

あっけらかんとした様子で腰に手を当て振り返るのはいつも通りのエルナだ。はたはたとメイドのお仕着せを風の中で揺らして可愛《かわい》らしく首を傾げている姿を見て、クロスは一瞬目眩がした。

飛び込んだハムスター精霊をエルナはしゃがみながら両手で受け止めて、よしよしと頭をなでている。ハムスター精霊は怒っている様子でぽかすかエルナを叩いていた。

――この小さな精霊が、クロスの執務室に飛び込んできたのはつい半刻前のことである。

話すことができるはずなのに興奮して、『ハムハムでごんすがごんす、ごんすがやんす！　つまりはピンチでがんすー！』ともはや何を言っているのかわからず、えいさほとハム踊りをする精霊を落ち着かせ、エルナが自分を誘拐した相手を探るためにわざと捕まり本拠地に連れ去られた、という話を聞いたときは肝が冷えた。

『自分も逃げなきゃだめでごんす！　ごんすぅ！』

「ごめんごめん。ほら、教会で司祭と戦ったとき、あなたを一緒に連れていっちゃったことずっと後悔してたのよ。危険なことに巻き込んじゃったなぁって」

『次したら！　ひまわりの種を一生美味《おい》しく食べられない体にしてやるでがんすぅ……！』

「全然脅しにはなってないけど、怒ってるならごめんね」

手のひらでハムスター精霊をすくうように会話をしているエルナの声は周囲には聞こえないように配慮している。クロスが連れてきた近衛騎士たちはさしもの現状に困惑の顔を見せたものの、すぐさまならず者たちの対応に走っている。「ほら、立て！　こっちに来い！」「痛ぇよ！　やめろよ！」とそこかしこから声やがちゃがちゃと鎧《よろい》が擦《こす》れ合う音が聞こえてくる。

「エルナ」

何をどう声をかければと眉間にしわを寄せながら呼ぶと、「ん？」とこちらを向いた彼女の顔は、随分すっきりしていた。……多分、暴れ終わってすっきりしたのだろうな、とクロスは無言のままエルナを見つめた。

「どうか……なさいました？」

今は人目があるために、万一聞こえたときを考えてエルナも口調を変えたのだろうが、つきりとわずかな寂しさが去来した。あまりにも理論的ではない。

そういった感情は、少し困る。

仕方ない。惚《ほ》れた弱みだとクロスは表情一つ変えずに考えて、まずは怪我《けが》がないかどうかを確認しようと口を開いたとき、「あな、あなた、まさっ、まさか！」「待て！　どこに行く！」と、近衛騎士の拘束から逃れたバンダナの男が今すぐにもこけそうな不格好な走り方でクロスに接近する。

エルナがハムスター精霊をポケットにかばい拳を握るのと、クロスが静かに剣の柄《つか》に手を伸ばしたのは同時だった。

「お、俺を、いや、俺たちを、あなたの騎士にしてくださいっ！」

しかし男の行動はクロスたちの想定とは異なり、なんと目の前で土下座をした。「お願いしまあす！」と割れんばかりの声を張り上げながらごつごつと額を地面に打ち続けている。

「お前！　陛下の前で、なんということを！」

「王様の前だからしてんだろーよー！」

もちろんすぐさま近衛騎士に両脇を持ち上げられ捕獲されたが、こすりすぎた額は真っ赤に腫れている。

「……エルナ、なぜこいつらはお前を誘拐したのか、その目的は聞いたか？」

「ええっと。王様になんでもいうことをきかせたい、とか」

「つまり、俺にいうことをきかせたい願いとは、俺の騎士になるということか……？」

あまりの顛末《てんまつ》にクロスは思わず目を強く閉じて、痛むこめかみをさすった。

引きずられながら叫ぶバンダナの男は、エルナルフィアが生まれ変わった今だからこそ、ならず者の自分たちでもこの国を守るためにすべきことをしなければならないと使命感を抱いたと切々と語っているが、まさかその攫った相手が、エルナルフィアの生まれ変わりだとは思いもよらないだろう。

「陛下。この後、あやつらはいかがなさいますか」

「ん……。とりあえず、一晩牢《ろう》の中に入って頭を冷やすように命じておけ……」

クロスは妙に疲れ切った気持ちで、近衛騎士の問いにそう答えるのがせいぜいだった。

＊＊＊

一応、今回もエルナルフィア絡みの事件だったといえなくもない、と馬車の中で揺られながらぼんやりと考えたときに、エルナははたと思い出した。

——そういえば、私、怒っていたんだった。

いや、怒ることが理不尽だと理解して、なんとか気持ちを呑み込もうとしたのにうまくいかない。そんな最中だった。ついでにいうと、八つ当たり半分でクロスの執務室から飛び出していた……と、がらがらと音を立てて揺れる馬車の窓から外の景色を見て考えた。

どうしよう。

小さな個室のような扉付きの豪勢な馬車は本来なら王族専用だ。お気に入りのメイドであるエルナが乗っているのも特別なことで、もちろん隣にはクロスがいる。互いに無言のまま、馬車は城に向けて走り続けていた。

ちなみに空気を読めるハムスター精霊はすでにエルナの服のポケットの奥底に避難している。

「……なぜ、俺を呼ばなかった？」

「ん。えっ。え？」

気まずい状況だったことを思い出した直後だったので、一瞬頭の中で言葉の処理ができずに慌ててしまった。いきなりだったのでクロスに顔を向けてしまったが、失敗したかもしれない。クロスは想像よりもずっと難しい顔をしてエルナを見下ろしていて、今更顔をそむけるわけにもいかない。

「えっと、その……」と、エルナは言葉を探して、視線もうろつかせた。

「ごめん、なんのこと？」

でも結局ごまかすこともできずに、またクロスと向かい合った。

「竜の鱗で、俺を呼ばなかった理由を聞いている」

「えっ、そんなこと？」

ぴくりとクロスの眉が動いた。美形が不機嫌な顔をすると迫力があるのだな、とエルナは見当違いのことを少しだけ考えてしまった。

――竜の鱗とはその名の通りの存在であり、ガラスのような透明な色をしていて、エルナが生まれた際に握りしめていたものだ。クロスに持っていてほしいとエルナが願ったから、今はクロスの首元にネックレスとして下げられている。

クロスの前世であるヴァイドがエルナルフィアの鱗を美しいと何度も褒めてくれたから、どうしても彼に届けたくて、エルナは鱗を握りしめてこの世に生まれたような気もした。

その竜の鱗とエルナは不思議な縁で結びついている。

「えっと……」

「馬車の中は防音魔術が施されている。何を話しても御者には聞こえん」

「ならよかった。だって、呼ぶ必要なんてないと思ったから。理由を言うならそれだけだよ」

人を殺すことができないという制約があり体力はただの小娘並みではあるが、エルナの純粋な腕力、また魔術の腕前はこの国一番だ。自信過剰ではなく、人相手ならば誰にも負けない。そうじゃなければのこのこ攫われはしない。叩きのめす自信があったから、自分自身を囮《おとり》にしただけだ。

とはいえ、以前に痛い目を見たことも忘れてはいない。自然とエルナは眉間にしわを作り、唸《うな》るような声を出す。

「もう同じ轍《てつ》は踏まない。クロスの足手まといにはならない。私はあなたの剣にもなるし、盾にもなってみせる」

「待て。俺はお前が矢面に立つことは望んでいないし、足手まといだと思ったことはない」

「クロスが、そう思わなくても！　私がもう嫌なの！　どんな形でもあなたを支えると決めた。だから……」

だから。勢いづいて声を出そうとして、どうしても絞り出すような小さな声になってしまう。

「正妃じゃなくても、側妃でも……いい」

違う。伝えたい言葉はこれじゃない。もっとはっきりと、一緒に国を守りたいと、そう言うはずだったのに。恥ずかしくて口元が奇妙な形でひくついた。そんな自分を見せたくないと思ったときにはとっくの昔に顔を伏せてしまっていた。

だからといって出した言葉がもとに戻ってくることもなく、エルナはただ気まずい思いのままでじっと自身の膝を見下ろした。心臓が痛いくらいなのに、馬車の中はただ静かでときおりがらがらと車輪が回る音が響く程度だ。防音魔術が施されているとクロスは言っていたが、内の音は漏れなくても、外の音は入る仕組みになっているのだろうと関係のないことまで考えてしまう。

一体、いつまでこうしていればいいんだろう？

エルナはとうとう覚悟を決めて顔を上げた。それはもう決死の表情であったのだが、すぐにきょとりと不思議そうに瞬いてしまう。なぜなら顔を上げた先には、クロスが真っ赤な顔をして大きな手のひらで自身の顔を覆っていた。指の隙間から見えたクロスの眉間には深すぎるしわが刻まれている。

「……あの、クロス？　どうしたの」

「謝罪する。いや、待て。これは俺が悪い。きちんと謝る。申し訳なかった」

「え……？」

「説明させてくれ」

そう言って、苦虫を噛み潰したような表情をしながら自身の眉間を何度も指で揉《も》み、次に懐から取り出したのはことの発端である一枚の手紙だ。見たのは一回きりだが見間違えるわけがない。

もう見たくもないという気持ちでエルナはすぐさま顔をしかめ、視線を逃したのだが。

「違う。このまま見ていてくれ」

クロスが手紙の上でするりと手のひらを滑らせると、みるみるうちに文字が消え、一部のみが残る。そうして出てきた文面はもととはまったくの別物になっていた。

声こそは上げることはなかったが、エルナは驚きのままに手紙を見た。

「これは恋文などではない。他国からの書簡――ええい、つまりだ。ミュベルタ国に嫁いだ俺の姉が、公的には表に出せない情報をこうして定期的に送ってきてくれる。……ミュベルタ国で収集した噂を伝えてくれることに感謝はしているが、中身に悪ふざけが過ぎるきらいがある」

――ガラスの竜が空を飛び、ウィズレインの地に降り立つ。


手紙に記載されていた正しい文面はこうだ。

「お前の噂は、この国の中だけではなくミュベルタ国にまで流れている、ということだ。ならば別の、例えば東のアルバルル帝国や西の聖王国にまで及んでいる可能性もある。心当たりがあるのなら気をつけろ、と言いたいらしい」

「ミュベルタ国って……」

「マールズ地域、いや、今はマールズ国だな。その隣に位置する小国だ」

「それは、わかっているんだけど」

ウィズレイン王国の南東に位置するマールズ国とは、もとはウィズレイン王国の領土だったのだが長い時間の中で帝国に吸収され、さらにそこから独立した国だ。

その隣、平たくいうとウィズレイン王国から見て南西の場所には、ミュベルタという国が存在する。竜として生きた時代には存在しなかった国だが、以前同僚であるノマに地理を教えてもらった際に過去からの変異に驚き、再度自身でも確認した情報であるため記憶としては新しい。

「クロスの、お、お姉さん？　ううん、お姉様が？」

「そうだ、姉だ」

「恋文を!?」

「それは違う」

きっちりと否定された。

何がどうなっているのかとあわあわと頭を抱えてしまったのだが。

「エルナ」

「うぶっ」

思いっきりクロスに顎を摑まれ、顔を移動させられた。金色の瞳が驚くほど近くにあって、慌てて顔をそむけたくなったが、がっしりと片手で固定されてしまう。

もちろん、クロスが馬鹿力だといってもエルナの方がずっと力がある。なのでその気を出せばいくらでも逃げることができるのだが、このときばかりは動揺して逃げることを忘れてしまった。

じっと見下される瞳に緊張して、エルナは力いっぱい目をつむった。ぎゅむり、と音が聞こえるほどだ。

「エルナ、お前――あのとき、安堵《あんど》していただろう」

けれどクロスの声を聞いて、ぱちりと目を開いた。それから数秒ののち、エルナは耳の端まで顔を真っ赤にさせた。あのときと言われて思い出すことはただ一つ。

クロスにキスされそうになったときに決まっている。

手紙が届いたとき、話がそれたことにとてもほっとしていたのがバレてしまっていたとわかったのだ。すでにエルナの顎を固定していたクロスの手はなくなっていたが、今度は顔をそむけることが恥ずかしくて、情けない顔のままじっとクロスと見つめ合った。

クロスは真面目な顔をしていて、はくりと一つ口を動かしたが、声にならなかったらしく、こほんと咳払《せきばら》いをした。次に見た彼の表情は、なんとも不思議なものだった。エルナが知っている言葉を当てはめるのならば、拗《す》ねている、といえばいいのか――。

「あのときは、無性に……なんと言えばいいか俺にもわからん。うん。少しつまらなく感じた。だからまあ、からかってやろう、と思った。が」

今はもっとつまらん気持ちだ、と小さな声が聞こえた。

「お前の口から、そんな言葉を聞きたいわけではなかった。辛《つら》い思いをさせて本当にすまない」

また、ぎゅうっと心臓が痛くなった。もちろん、悪い意味ではなく。

呆気《あっけ》なさすぎた。そう、あんまりにも自分の気持ちが呆気なくて、『側妃でもいい』と絞り出すような声を出したのが、もうずっと前のことのような気にさえなってしまう。

「さ、最後まで話を聞かなかった私も悪いと思う。だから、お、怒ってないし、本当に、別に、クロスを支えることができるのなら、私はどんな形でも」

「それ以上言うな」

そんな自分を知られないようにごまかそうとすると、妙な早口になってしまった。でも最後まで言うことなくクロスに止められた。

「俺が擦れる」

それはどういう意味だろう。

いつの間にかクロスは窓の外を見つめていた。エルナはどうすることもできずにちらりとクロスの横顔を見た後、次にちょこんと座ったまま自分の膝を見た。いつまでもそうしているわけにもいかないから、自然と前を向く。隙間から、御者の背中が見えた。ががらと車輪が回る音と、わずかな振動のみを感じた。

「だいたいだな」と、ぽつりとこぼれるようにクロスが話す。相変わらず視線は窓の外に向いている。

「嫁も取らずに早々に隠居しようとしていた人間だぞ、俺は。一人ならまだしも二人三人と増えてたまるか。嫁はいらんと言い続けていた俺なんだぞ。ハルバーン公爵や他の城の重鎮たちも、下手にへそを曲げられてはかなわんと強くは言ってこないはずだ」

返事を求められているのか、そうではないのかよくわからないので、エルナはただぼんやりとクロスの横顔を見つめた。眉間には、やっぱり深いしわが刻まれている。

「だから、そうだ。そういうことは、考えるな。……俺が言いたいことはわかっているか？　わかっているな？　いや、わかっていないだろう。つまりだ、俺はお前以外に嫁は取らん」

「ん、ん、ん……」

「まあ、逆にだ。お前が夫を俺以外にも求めるというのなら止める権利はないが」

「いやあるよ！　止めてよ！　いらないよ！」

「いらないか」

「クロス以外は不要だよ！」

クロスが楽しそうに笑うと、エルナも嬉《うれ》しくなってくる。重たい空気はするりと呆気なく消えて

いった。互いに隣に座ったまま、軽口のような口調でおしゃべりをした。

「だからな。俺はただお前が心配だ。助けが必要ならば、いつでも呼んでほしいと願っている」

「必要ならね。でも今回は本当に違うと思った」

「そうか。なら俺は信じるしかないな」

「うん、ありがとう。……でもねぇ、そう、今回のことはクロスにも問題があるんだから」

「なんだと」

「私が攫われた理由は、クロスのお気に入りのメイドだって思われたから。エルナルフィアの生誕祭のとき、一緒にいるのを見られてたの！」

くわっ、とクロスは目を見開いた。もちろん衣装は変え、顔を隠すフードをかぶっていたが絶対ではない。王族がふらふらと出歩いて大丈夫なのかと不安がっていたエルナに対して、問題ないと強行したのはクロスである。

「そうだったか……しかし俺一人のときは、気づかれることはないのだが……」

薄々気づいてはいたが、大問題な一言である。王族が街をふらつくんじゃない。

クロスは納得のいかない様子で口元をさすりながら、何やら考え込んでいる。同じくエルナも眉をひそめて思案する。街の人たちに気づかれていないと言っているのはあくまでも本人の主張であり、本当はそんなことはなかったのでは、と可能性としてありえそうな気がしてきた。だって。

「やっぱり……」

と、結論づけたエルナの次に二人が呟いたのはほとんど同時だった。

「かっこいいから……？」

「愛らしいからか」

独り言だったはずが、重なってしまったためにむしろ大きく響いてしまった。「えっ」「む？」と顔を見合わせて、「いやだから」とまずはエルナが解説する。

「自分では気づかれていないと思っていても、クロスって男前だと思うし、目立つし、それで実は他の人たちにバレバレだったんじゃないの？」

「待て。そもそもの問題は俺ではなくエルナ、お前じゃないか。これだけ愛らしい姿をしているんだ。エルナが隣にいるからこそ、俺がいつも以上に周囲の注目を集めてしまったというのが一番自然な結論だ」

いや真面目に語り合っているこの状況こそが一番不自然だった。一拍、二拍と間を置いたのち、エルナたちは二人そろって頭を抱えて羞恥のあまりに悶絶《もんぜつ》した。

「ちょっと待って、今のはすごくおかしいわ」

「そうだな、どうやら俺たちはおかしいな……」

今度は大きなため息が二つ同時に重なった。それから赤面した顔のまま互いにちらりと目線を合わせると、吹き出すように笑ってしまった。エルナは目の端にまで涙を浮かべてさらにお腹《なか》を抱えて肩を揺らしてしまう。ところが唐突に片手を引っ張られて、ついでにぐんと姿勢を変えられる。具体的にいうと、クロスと向かい合う形に。

大きな手が、ぎゅっとエルナの手を摑んだ。それからクロスがエルナに覆いかぶさるように近づく。

「まっ……」

はくりと、エルナの小さな口が動いた。「ん？」とクロスがかすれるくらいに小さな声で返事をする。ちょっとだけ、耳が痺《しび》れる。

「あ、あの、なんというか、前に一回しちゃったことはたしかにあるんだけど、あの、こういうなし崩し的なのは、やっぱり少し……」

「なし崩しで何が悪い」

まさかの堂々とされてしまった。

「えっ……」

瞠目《どうもく》して、考えみる。

「別に、悪く、は、ないのかな……？」

「嫁にキスするだけだ。悪いわけがないだろう」

「よ、嫁にはなるけど、まだ嫁では」

もちろん最後まで言えなかった。知らぬうちに背中には手が回されている。痛くはないけれど、次第にクロスの手に力が入って、細いエルナの体は固定される。何度も重ねられるそれに、エルナは段々息ができなくなってきた。足の先までぎゅうっと体が硬くなってしまう。

やっと終わったときには、エルナは涙目のまま口で息を繰り返した。へとへとだった。ふうふうと息を落ち着かせながら、ずずっと鼻をすする。

「……嫌だったか？」

「違うけど。違うけど……びっくりしているだけというか。ねぇ、まだお城には着かないの？」

「まあ、もう少しだろう。なのでもう一度」

「もう一度!?　一度どころか何度もしたのに!?」

「せっかくだ。びっくりしなくなる程度にはしておいた方がいいだろう」

「いいだろうじゃまったくないよ!?」


そして馬車が城に着いた頃。

エルナは恨みがましげな声を出しながら、「ゆっくりペースって言ってたのに……」とクロスを睨《ね》めつけたが、当の本人はどこ吹く風のまま「ゆっくりに決まっているだろう」と至極真面目な顔で返答した。

御者が馬車の扉をあけたとき、妙に殺気溢《あふ》れるエルナの視線に、「ひえ」と小さな声を出して、すぐさま首を振りそそくさと端に移動していた。その様子を見て、いけないいけない、となんとか表情を取り繕い地面に降り、クロスにだけ聞こえるようにぽそりと呟く。

「今度は絶対に、私があなたを慄《おのの》かせてやるから」

「期待しているぞ」

エルナのポケットから、やれやれとばかりにハムスター精霊が顔を出している。

エルナとクロスはばちりと視線を合わせて、クロスが楽しげに、エルナが引きつるような笑みを浮かべた。そのときだった。

「ヴァイド様……！　お帰りになりましたか……！」

声を上げ慌ただしく駆け寄ってくるのは、コモンワルド――執事長である老年の男と、幾人かの兵士だ。そのただならぬ様子を目にして、クロスはすぐさま表情を引き締めた。

「どうした。何かあったのか」

「はい。先程マールズ国からの使者が、王に謁見を求めに来城なさいまして……」

「マールズ国の使者が……？」

クロスは形のいい眉をぴくりと動かす。

エルナには細かな事情はわからないが、彼らの口ぶりから事前の通達があったわけではないようだ。


――ガラスの竜が、空を飛びウィズレインの地に降り立つ。


なぜだろうか。このときエルナは手紙の言葉を思い出していた。

これは、エルナがエルナルフィアの記憶を持ち生まれ変わったことによる、一つの波乱の幕開けでもあった。

第二章　他国からの使者

「おおーう！　陛下！　事情はお聞きになりましたかな⁉」

「ハルバーン公爵か。早いな」

「なんの！　たまたま城の書記官に提出した書類に不備があると呼び出しをくらいましてなぁ！」

ぬあっはっは！　と腹式呼吸で笑う赤髪の獅子《しし》、いや髭《ひげ》の男はもちろん人の子である。

腹の探り合いが不得意でいつでも真《ま》っ直《す》ぐに生きるハルバーン公爵は、だからこそ他国からの悪意にあと一歩のところで絡め取られる寸前ともなっていた。エルナルフィア教と懇意にしていたために運悪く隠《かく》れ蓑《みの》として利用されたのだが、無罪の証明を得たのちもクロスの右腕として力になってくれている。

その大きな体は使用している二人用のソファーでさえも一人用かと錯覚してしまうほどだが、クロスが室内に入ると同時にすっくと立ち上がり、そしてエルナの姿を見て目をまんまるにした。コミカルな動きが可愛《かわい》らしい人なのだ。

「エルッ……！」とまで口にした後でコモンワルドの姿を目にして、「ふうん」と妙な声を出しながら顎を引く。

「公爵、コモンワルドもすでにエルナの事情は把握している。問題ないぞ」

「ぬっほ！　そうでしたなぁ！　エルナ様！　お変わりなくお元気そうで何よりですとも！」

「あ……はい……公爵も、本当に」

ハルバーン公爵は大きな体でちょこちょこスピーディーに移動してエルナの両手を摑《つか》んでぶんぶん上下に振った。ハルバーン公爵も取り調べを受けたと聞き色々と大変だっただろうと心配していたのだが、変わらずの元気で安心した。

それはさておき。

「コモンワルド、マールズ国の使者は、今は？」

「ヴァイド様が不在であるということは伏せ、多忙のためとお待ちいただいております。事前の通知なく訪れたのはあちら様側でございますので」

「まあ、その通りだな。向こうの用件は」

「王に直接伝えるように指示されている、と」

「なるほど。様子はどうだ？」

「紳士的な態度の方でいらっしゃいました。ご不快に思われた様子もなくこちらが用意した部屋で粛々と待っておられます。しかし使者の方は、ただの一人きりでございまして……」

「ただの一人で来たか」

くっ、とクロスは喉で笑う。

「よっぽど急いでいたのか……しかしその割には苛立《いらだ》つ様子もなくか。これはまた」

ソファーに腰を沈み込ませながら面白げな声を出しているが、どうやら苦笑しているようだ。

外交に関してエルナは明るくはないが、そのおかしさは理解できる。唐突にやってきた他国からの使者。しかも一人きりであり、急いでいるかと思いきや、態度を見るとそうではない。

「目的は、エルナルフィアか」

おそらくこの場にいる全員が思い至ったことだろう。ミュベルタ国にまで伝わる噂《うわさ》が、その隣国であるマールズ国にまで伝わらない理由はない。

「どういった用件を伝えてくるかはともかく、この国が竜の力を得たかどうかの確認のため訪れたという可能性が高いな」

「得ては、おりますな。可愛らしいお姿ですが」

クロスの言葉に、ハルバーン公爵がほほっと両手を合わせて笑ったが、今はつっこんでいる状況ではない。

「ならどうするの？　追い返す？」

「わざわざこちらから敵を作ることはない。マールズ国とは友好国とは言い難いが、ここ数十年は互いに干渉せずにやってきた国だ。揉《も》めて困るのは国境近くの住民たちだろう」

たしかにそうだ、とエルナはこきりと鳴らしていた指をひっこめることにした。

「あとは帝国の動きも気がかりだ。我が国が隣国であるマールズ国と長らく交流を結んでいなかった理由は、マールズ国の立地の難しさと、その経緯にある。マールズ国はウィズレインから帝国へと奪われた土地だ。百年以上も昔に帝国から独立を果たしたが、結局あれこれと口出しをされている立場だと聞く。こちらとしても下手に関わるまいとしてきたが、今回も帝国の傀儡《かいらい》としてやって来たのかもしれん」

——アルバルル帝国。エルナの記憶よりもずっと小さくなってしまったウィズレイン王国と比べ、今もなお強国の一つとして名を連ねる国である。

傀儡という言葉を聞いてエルナは片眉をぴくりと動かした。ただの土塊《つちくれ》を人の姿に変え操り、こちらのことを玩具《おもちゃ》か何かのように思っていたあの男。すでにクロスによって打ち倒されたが、嫌な記憶であることに違いはない。

「……じゃあ、使者の人に会うのはやめておくの?」

「いや、ここまで来ている以上、追い返すにはそれなりの理由が必要だな。会う以外の選択肢はない、が……」

クロスとしても判断をしかねているのだろう。だからこそ相手も不意打ちのようにやってきたのかもしれない。一筋縄ではいかないはずだ。

「じゃあ私も会う」

あっさりとエルナが提案すると、クロス、ハルバーン公爵、そしてコモンワルドと全員の視線が突き刺さった。いつの間にかテーブルの上に移動していたハムスター精霊までが、『ぢぢっ!?』と口をあけてぽかんとしている。

「……馬鹿な。お前を目的として来ている可能性があるといっただろう。情報は共有するが、あちらの目に触れぬように隠れておくべきだ」

「でも、本当にそうかどうかはわからないのよね?」

エルナルフィアの生まれ変わりを探りに来た、というのはあくまでも仮定に過ぎない。むしろそれがわからないからこそ出方に困っているともいえる。

「それはそうだが……」

「なら、確定させたらどうかな。エルナルフィアの噂を目的としているかどうかははっきりとはしなくても、少なくとも私の顔まで把握しているかどうか、ということはわかると思うの。私はお気に入りのメイドなんでしょう？　謁見の場でメイドの一人や二人いたところで目立ちはしないわ」

むん、と胸をはるように手のひらを当てたが、クロスの返事はただ眉をひそめるだけだ。

しかしエルナは勢いをつけるように続けた。

「私のことまで把握しているか、していないか。それを把握するだけで随分動きが変わってくると思う。それに私、自分で言うのはなんだけど、餌としては極上よ」

なんせ、手を出した者は全員返り討ちだ。自分から引き寄せて、叩《たた》きのめす。人を殺すことができないという難点はあるが、エルナの力を前にしてそんなものはハンデにもならない。先程の誘拐事件と同じく、一人ですべてが完結する。

クロスは変わらず無言だった。視線をこちらに合わせることなく顎に手を置き、とんとんと人差し指を動かしている。無視をされているわけではない。慎重に熟考しているだけだとわかるから、エルナたちは口をつぐみながら王の判断を待った。

「……わかった」

しかしそう長い時間は必要なかった。

「本当にいいのか」

エルナに尋ねた意図は——肯定。エルナは「もちろん」と、即座に返事をして頷《うなず》く。

「ならば、準備を行うか」

「使者様のもとへ行かれるのですか」

「いいや」

コモンワルドの質問に対してクロスは子どものように、いや大人とするならば意地の悪い笑みをにやりと浮かべている。

「存分に待たせてやるとしよう。なんせ、俺は多忙らしいものでなあ」

だっはっは、と笑いはしなかったものの。

気の所為《せい》だろうか。エルナの耳にはそれはそれは楽しげなクロスの笑い声が聞こえたような気がした。


苛立ちは本性を現すものであり、向こうが少しでも腹を立てればこちらのものだ——というのはクロスの言であり、エルナもなるほどと納得した。でも、これはちょっとないんじゃないだろうか、と思わないでもない。

玉座に座るクロス、その隣には王弟であるフェリオルが。というところまでならわかる。謁見の間には、ハルバーン公爵の他、ウィズレイン王国の重鎮たちがずらりと勢ぞろいし、近衛《このえ》騎士はいつもよりもきらびやかな装飾を身に着けており、騎士たちは王命として感情を抑え込んではいるものの、若干の戸惑いの表情すら見えるような気もする。

もちろんエルナもその中に立った。これほどの人の中だから埋もれてしまいそうに思うが、使者がクロスに視線を向けた際には確実に目に入る位置にただのメイドというそぶりで待機している。

これだけの人を集め、さらに飾り立てたのだ。むろん多くの時間を費やし、その分使者を待たせに待たせた。

エルナはもし自分が使者の立場だったらと想像してみた。いくら待っても王は多忙であるとの一点張りでそれ以外の話は一つも聞かされず、やっと会えると入ってみれば不必要すぎるほどの出迎え。

おそらく、とても腹が立つ。

なんのための時間だったのかと憤慨するし、多すぎる人の中で多少なりとも萎縮するかもしれない。なんせ、恐ろしいほど敵地《アウェイ》のど真ん中である。

作戦の一つとはいえ、エルナは使者のことが少しばかり気の毒に思えてきた。反対にクロスは生き生きとしている。そう、こいつはこういうやつなのだ。ふとしたときに前世の勇者の姿が垣間見《かいまみ》えてしまう……。

しかしそろそろ使者もやってくる頃合いだった。

『もし、やべーやつなら、こ、このっ、ひまわりの種を、な、投げつけるでごんすぅ……』

エルナのポケットからちょこりと顔を出したハムスター精霊が、苦しげにピンクのお手々とともにひまわりの種をぷるぷると差し出している。過去、この種が事件を解決に導いたこともあるのだが、これはハムスター精霊の大切なおやつである。「気持ちだけもらっておくね」とそっと片手で制すと、ハムスター精霊はほっとした顔をして、かしかしと種の端を削って、即座に中身をほっぺの中に入れた。心持ち、表情がきらきらしている。

（まあ、種なんて投げなくてもいざとなったら……）

こきり、と。誰にも知られることなく背中に回した指を鳴らす。

この場には近衛騎士たちも多くいるため、こちらまでお鉢が回ってくる可能性は低いだろうし、そもそもそういった状況にならないことを一番に祈るばかりだが。

さて、一体どんな人間がやってくるのか。

「ヴァイド様、使者様がいらっしゃいました」

「ん」

玉座に座るクロスの耳元にコモンワルドがささやき、軽く頷く。自然とエルナの体も硬くなり、背筋が伸びてしまう。そうした後で自分が緊張したところで仕方がないと普段通りにすることにした。そちらの方が、万一があったときに対応しやすい。

ゆっくりと扉が開き、自然と人々の視線が集まった。エルナも同じくその動きに倣う。

入ってきたのは、ひょろりと細い、一人の男だった。

銀色の髪の毛は少しもしゃもしゃ、くるくるとしていて、長い後ろ毛を一つにくくっている。ゆったりした袖の衣装には特徴的な刺繡《ししゅう》が施されており、マールズ国独特の意匠なのかもしれない。入った途端、男の肩がびくりと飛び跳ねた。長い前髪が邪魔をして表情ははっきりしないが、きっと中の様子を見て驚いたに違いない。

それはそうだろうと納得する反面、エルナの胸の内が妙に騒いだ。ぞわぞわとするような、あまりにも奇妙な感覚だ。

男は驚きはしたものの、それ以外にあからさまな反応は見せなかった。少なくとも、苛立つような仕草はなく、すとすとと赤い絨毯《じゅうたん》を踏みしめながら、クロスに見下される位置でぴたりと止まり、頭を下げた。

「顔を上げよ」

クロスが告げる。

男はゆるゆると顔を上げた。そのときわずかに髪が揺れ、長い前髪の隙間から、銀の瞳が露《あら》わとなった。ずきり、とエルナの胸が強く痛んだ。過去の記憶が流れるように体中を満たしていく。知っている。エルナは、この男を知っている。

「カイルヴィス……」

吐息のようにわずかな声が、エルナの口から漏れた。

奇妙な男だった、とエルナルフィアはその男のことを記憶している。銀髪で、いつも髪の毛をくしゃくしゃにしていて、へらへらと笑っていた。ヴァイドはエルナルフィアをからかうような口ぶりで話をすることが多かったが、カイルヴィスという男もそういった意味ではヴァイドと変わらないような気もしていた。

カイルヴィスは発明の天才であったが、古代遺物《アーティファクト》を作る合間にエルナルフィアのもとにやってきては煙に巻くような言葉を吐き、こちらが怒って追い返すという毎日で、意味がわからない男だと思いながらも、エルナはカイルヴィスのことが嫌いではなかった。そして、その彼の行動がすべてはエルナルフィアを寂しがらせないようにと、不器用に考えてのことだと知ったのはエルナとして生まれ変わってからだ。

エルナルフィアだった頃は、たくさんの知識を持っていたはずなのになぜだか気づけないことが多かった。

『えへへ、うっかりしちゃった！』

へらりとした明るい声が、今もエルナの耳に響いた。長い袖をぱたぱたと振ってカイルヴィスは大きな木の下で嬉《うれ》しそうに笑っている。きらきらと光るガラスの花の中で。

笑っている。

「私はマールズ国の外交を担当させていただいております、カイル・ズーミエと申します。クロスガルド王にはこの度はお忙しい中にもかかわらずお時間をいただき、その寛大なお心に感謝を申し上げます」

「いやこちらも随分待たせてしまった。何分、すべき準備が多くてなあ」

エルナははっと目を見開いた。

膨大な記憶の渦の中に呑《の》み込まれていたようだ。クロスガルドという呼び名は、他国でのクロスの呼び名である。そうだ、クロスはもうヴァイドではないように、エルナもエルナルフィアではない。いまだに竜としての記憶を引きずり、エルナは自分が人間であることをふとしたときに忘れてしまいそうになってしまう。

（私には、二本の足がある……）

しっぽも、翼もない。けれどもしっかりとこの場に立っている。ふう、と息を吐き出す。大丈夫だ。

先程よりもずっと冷静に、エルナは使者の男を観察した。カイルヴィスとよく似た姿のその男――カイルといったか。やはり見れば見るほどに、男の容姿はカイルヴィスに酷似している。しかし、カイルヴィスは死んだ。発明の天才といわれ朗らかで、おっとりとして、けれどもお調子者のその男は誰よりも早く死んでしまったと記憶している。それでも壮年を少し越える程度の年であったはずだ。今、エルナの目の前にいる男はクロスよりも幾分か年上程度の、二十歳そこそこの若々しい男である。

姿が似ている程度なら長い人生の中だ。いくらでも出会う可能性はあるだろう。が、問題は外見だけではない。男の中身はカイルヴィスと同じだ。つまりだ。彼は、カイルヴィスの生まれ変わりだ。

なぜわかるのかと問われても、エルナにはわかるからとしか言いようがない。クロスと初めて出会ったときと同じ、ぐんと魂同士が近づき合うような、どうしようもない懐かしさに胸の内が襲われた。エルナは唐突に苦しくなって、眦《まなじり》を震わせながら胸元を強く掴んだ。

「そちらもわざわざ遠いところからご苦労であったな。先触れを忘れてしまうほどに急いでいたようだが」

「申し訳ございません。一刻も早くクロスガルド王にお会いしたい気持ちでこの胸がいっぱいとなっておりまして」

そうこうしている間にも、にこにこと笑い合うように会談が進む。和やかな声の調子とは正反対に、謁見の場の空気はひどく重苦しい。

クロスは彼がカイルヴィスであることに気づいていないのだろうか？

「そうかそうか。俺もこうして貴殿とまみえることができ、嬉しく感じる」

そう言ってカイルを見下ろすクロスの眼差《まなざ》しを見て、まるでまったく知らない男のように感じた。いや、あれがウィズレイン王国の国王としてのクロスの顔なのだろう。

（……ああ、そっか）

クロスは、使者がカイルヴィスの生まれ変わりであることを理解している。わかりながらも、知らぬふりをして国王として正しくこの場にいる。……エルナと出会ったときもそうしたように。クロスとは、そういう男だ。

ならばとエルナも改めて背筋を伸ばし、自身の目的を思い出した。エルナがこの場にいる理由は、使者の目的を探らんがため。

こちらがカイルヴィスの生まれ変わりであるとわかるということは、向こうもそうなのだろうか？　とエルナはよくよく男を観察した。いまだに本題に入ることなく談笑を続ける彼ら二人を見比べたところ、クロスとは違い、カイルは本当にわかっていないように見える。

クロスもカイルの真意を探るために中身のない会話を続けているのだろう。

本来なら使者を苛立たせるための言葉ですらも、カイルはゆったりとした笑みとともにすべてを受け流している。そろそろ頃合いだった。

「さて」

それほど大きな声を出したわけではないはずなのに、クロスの通りのよい声が、しんとするほどにその場に重たく響く。ぴり、と一瞬にして空気と、人々の表情が変わる。エルナも知らずに指の先に力が入った。

「話を聞く限り、貴殿やマールズ国が分別のない行動をするとはどうにも思えんな。なぜ、こうまで急ぎこの場に来たのか。その理由を伺いたい」

――ついに。

エルナたちはただ固唾を呑み、使者からの返答を待った。この場にいるだけでも腹の中がひきつれてしまいそうな緊張感だ。一体何を言い出すのか。

(……え?)

そのとき、使者――カイルは笑った。

ただそれは一瞬のことで、もしかすると自身の気の所為やもしれないとエルナが思うほどに、小さな笑みだ。次にカイルが顔を上げたときには相変わらず長い前髪に瞳の大半が隠れてしまった。

「ええ、もちろんお伝え致しますとも!」

口上は朗らかではあったが、カイルが次に発する言葉は、誰もが予想だにしない言葉でもあった。

「実はですね……。我がマールズ国に新たな鉱山が見つかってしまったのですよ」

おそらく、その場にいる者の大半が拍子抜けしたような気にさえなっただろう。クロスでさえ、

「……鉱山、か？」と訝《いぶか》しそうに声を低めている。

「まさかその、鉱山から排出される石の流通経路の確保のために来たとでも言うつもりか？」

「鉱山が見つかったのは、マールズ国、そして貴国ウィズレイン王国との国の境目なのです」

即座にまた空気が変わった。玉座の肘掛けに肘をつきながら、「それはそれは」とクロスは苦笑するように言葉を紡いだ。

「……随分と、貴国の方々は正直者なのだな？」

「ウィズレイン王国の方々にはこの事実を伏せ、我が国のみで採掘を行うという意見も、もちろんありました。否定は致しません。しかし、場所が場所です。両国の境界となると我が国のみに所有権があるとは主張しきれませんから。マールズ国はご存じの通り、ただの小国。力を持って争うより、平和的な解決を我々は望んでおります」

「境目とは、ヴィドラスト山か」

「おっしゃる通りです」

それはエルナルフィアの時代から存在する山の名前だ。多くの精霊が住まい、足を踏み入れたものは迷い帰されると言い伝えられているため、麓の人間でさえ滅多なことでは近寄らない。だからこそウィズレイン王国の一部が帝国に吸収された際、マールズ地域で留《とど》まったのだろうとも想像で

きた。

　エルナすらも知らぬ間に精霊術は日夜進歩している。隣にいることが当たり前であった小さな存在に学問と名をつけ探究し、感覚的に捉えていた現象の一つひとつに名をつけ、より効率的に使用できるように精霊術は先鋭化した。

　そのため誰も近づくことができなかった場所にでさえ人は陣地を広げつつある。今回の鉱山も、そうした事情の中で新たに発見されたに違いなかった。

　このことについて、精霊に対して無理に門戸を叩いているのならばともかく、そうでないのならば特にエルナにとって特別な感傷はない。

　きっと時代の流れの一つなのだろうと感じている。

「そして、この鉱山は《竜の鱗《うろこ》》を産出します」

「《竜の鱗》か……。そうか、なるほど。だから貴殿を寄越《よこ》したか」

「はい。武力ともなりえる鱗を集めることで、火種からいらぬ争いを起こしたくはありません」

　竜の鱗、とさざめくような声がちらほらと聞こえる。それは今現在、クロスの胸に下げられているエルナルフィアの鱗を指す言葉ではなく、鉱石の名称だ。ウィズレイン王国でも流通している鉱石だが数が少ないため貴重で、また観賞用以外にも強力な魔術の媒体ともなり得てしまう。

「我が国は竜を信仰します。竜が、争いの火種となることは、あってはならないことです」

　カイルがクロスを見上げはっきりと告げたが、竜という言葉は、奇妙なほどに強く滲《にじ》み出ていた。竜といえばやはりエルナルフィアを彷彿《ほうふつ》とさせる。鉱山採掘の交渉のためというのはあくまでも表向きの理由。

マールズ国の真の目的は――エルナルフィアなのだろうか？

おそらくクロスもエルナと同じ懸念を抱いたのだろうが、そんなことはおくびにも出さずに「事情は理解した」と自身の顎をくすぐりながら、少しだけつまらなそうな顔を作っている。さすが、としかいいようがない。

「そちらからの伝言は、まさかそれだけか？」

「いいえ。こちらの鉱山の採掘はマールズ国、ウィズレイン王国での共同の事業とすることを提案します。配分については、七対三、もちろん、我らの取り分は少なくて結構です」

今度こそ、ざわりと大きく波立つ。国の重鎮たちが互いに顔を寄せ合い、口々に眉をひそめ話し合っている。クロスもエルナたちと同じ気持ちだろう。

「……それはあまりにも破格な話だな」

「ただし、採掘の際には優秀な精霊術師の力が必要となります。我が国は、何分《なにぶん》いつでも人材不足ですから……。ぜひ、お力をお借りできましたらと」

「とても魅力的な提案だ。だがあまりにも魅力的すぎて、この場での返答を行うことはできん。しばし時間が必要だ」

「よき判断を下されることを祈っております」

カイルはゆっくりと会釈した。次に顔を上げたとき、にこりと笑ったように思えた。そのとき――たしかにエルナは、カイルと静かに目が合うのを感じた。

＊＊＊

「やはり何か企《たくら》みがあるのではないか？」

「いや、それほどおかしなことを主張してはいなかったように思うが……」

カイルには城にて逗留《とうりゅう》するようにと伝えてから、すでに半刻は経過している。しかし城の重鎮たちはああでもないこうでもないと要領を得ないまま言い合うばかりだ。クロスはただただ、ため息をついた。

「やはり先触れなくやってきたことに対して、裏の事情があるようにしか感じんぞ」

「わざわざこちらを怪しませても仕方あるまい」

「そのリスクを負ってでも、そうする必要があったのではないか？」

このように話し合いは延々と平行線をたどっていたが、これではまとまるものも、まとまりはしない。

「むうんっ！　怪しもうとすれば、いくらでも怪しむことができますぞ！」

しかし会議の場でどんっと椅子に座ったまま腹の底から上げられた声に、それぞれがぎょっとして男を見た。

もちろん視線の先はハルバーン公爵だ。公爵はにこやかな表情をしているものの、ふんっと鼻から勢いよく吹き出された息で髭がふさふさと動いている。

公爵本人が意識しているかいないかはさておき、その姿を見て妙に毒気が抜けた者も多いはずだ。

「……そうだな。ハルバーン公爵の言う通りだろう」

もちろん、クロスも例に漏れずではあるが。

「言い合うよりも、まずは事実の調査だ。ヴィドラスト山に精霊術師を派遣し、その上で、皆の意見も改めて聞くことにしよう」


やっとのことで一人きりになったクロスは無意識にも眉間を揉んでしまった。再度出そうになったため息はなんとか抑え込み、「エルナ」と、扉の外に向かって声をかける。

「もう入っても構わんぞ」

ゆっくりと扉が開き、次にちょこりとアプリコット色の髪が覗《のぞ》く。ふいに、クロスは疲れていた気持ちすらもすべてが消えていくような気がした。

「邪魔じゃない？」

「問題ない。それよりも、だ」

彼女としかできない会話もある。エルナもクロスと同じことを考えていたのだろう。やはり彼女も気づいていた。こくりとエルナは頷き、ドアを素早く後手で閉める。「あなたはいてもいいよ」と肩に乗ったハムスターの姿をした精霊に声をかけている。精霊はこてん、と首を傾《かし》げていた。

「カイルヴィス……ううん、あのカイルという人についてね」

「そうだ。俺は間違いなくカイルヴィスの生まれ変わりだろうと思うが、エルナはどうだ」

「私もそう思う。ただ、いくら生まれ変わりだといっても姿まで似るはずはないから、そこのところがわからないんだけど」

「たまたま、偶然。そういった言葉でごまかすこともできるが……もしくは、子孫なのかもしれない」

「まさか、カイルヴィスの？」

エルナは青い瞳をきょとんとさせたが、「そっか、なるほど」と口元に手を当てて思案する。

「カイルヴィスには子どもはいなかったけど、親戚はいたわね。マールズ国はもとはウィズレインの一地域だし……」

「ただの可能性だがな。だが、見かけについては正直どうでもいいことだ。問題は……」

「カイルヴィスとしての記憶を持っているのかどうか」

クロスの言葉に重ねるようにエルナは話す。

「その通りだ。俺は、ないと感じた。エルナはどうだ」

「私も、そう思う。……生まれ変わって、記憶が引き継がれているだなんて本来は健全ではないことよ。新たな形で彼が生を楽しんでくれているなら、私は嬉しい……けど、私が本来いたのは別の目的のためだよね。マールズ国が、竜の噂を耳にしてこの場に来たかどうか探るため。カイルヴィスがいて、ちょっと目的がずれそうになっちゃったけど」

エルナは苦笑してはいるものの、驚いたに違いない。その気持ちは、クロスも理解できる。

「竜の噂を知って来たのかどうか、ということは正直わからない」

むしろ、とまで発した声の先をエルナは言い淀《よど》み、途中で止めた。

が、何を彼女が言おうとしたのか想像はできる。会談にてカイルが出した『竜』という言葉は、妙に強くクロスの記憶に残っているが、あくまでも所感である。この場で話すには情報が足りない。

それよりも、とおそらくエルナにとって確実な内容を、クロスへと簡潔に伝えた。

「でも、竜――エルナルフィアの生まれ変わりが私ということまでは知らないと思う。一度、使者と目が合ったよ。でもすぐにそらされた。不自然なところは何もなかった」

「そうか……懸念が一つ減った、というべきなのだろうな」

少なくとも、エルナ自身に狙いを定めてやってきたわけではないのならと安堵《あんど》すべきなのだろう。ふう、と息をつきながら机に肘を立て額を押さえる。エルナもそれ以上、何も言わない。

長い間があった。すると、どちらともなく肩を震わせた。

「……くっ」

最初に声を出したのは、多分クロスだ。でもすぐにエルナも同じように「う、ふふっ、ふふふっ」とこらえきれない笑いを、必死に噛《か》み殺している。

エルナとクロスは、腹を抱えて二人で笑った。

「なんで？　カイルヴィスが？　まさかこんなところで出会うだなんて！」

「あいつは昔からこちらが予想だにしないことばかりしでかしてきたが、まさか生まれ変わってまでとはな！　いや、笑っている場合ではないな……」

「本当に、本当にそうなんだけども！　あの、ポットとカップの両方から紅茶が湧き出る古代遺物

を作ったのもカイルヴィスだったわよね？　すごいくせに、何をしでかすかわからない子という
か」

　カイルヴィスは類稀《たぐいまれ》なる才能を持った発明家であり、今現在でもウィズレイン城の上空を覆う結界はカイルヴィスが作製した古代遺物が使用されている。雨が降ると解除されてしまうという欠点はあるが、それを抜きにしても十分すぎるほどの性能である。

「あの、エルナルフィアと茶会がしたくて作ったポットだな？　でも知っているか？　あいつは実は、紅茶が嫌いだったんだ」

　クロスは秘密の言葉をささやくように、手のひらで口を覆うようにエルナに伝える。

「嘘《うそ》、それ、ほんと？」

「……残念ながら」

　とても神妙に、クロスはゆっくり頷いた。

　そして数秒の間ののち、また二人はどっと声を上げて笑った。

「なのに作っちゃったのね！　なんというか、あの子は、本当に魔術はからきしだったのに妙なものを作る才能だけはあるんだから」

「古代遺物と魔術は別物だからな。しかし古代遺物の使用には魔力を使うものだから、何度あいつに助力を願われたことか……」

「ああ、私もあったわ！　でも勢い余って吹き飛ばしたこともある！」

「でもまた、エルナルフィアのもとに向かって行ったんだろう？」

「そう。けたけた楽しそうに笑いながら。変わった子だったから」

「そうだ。あいつは変わったやつだったよ……。しかしエルナ。わかっているとは思うが、カイルヴィスと、あの使者はあくまでも別人だ」

そのとき、しん、と空気までも静まったような気がした。

伝えた言葉の意味を誰よりもわかっているとばかりに、エルナの空色の瞳が少だけ寂しげに揺れていた。

「……うん、そうだね」

「たとえ生まれ変わりだろうと、別の人間だ」

「わかってる」

「十分に、注意が必要であることを忘れるな」

「わかってるったら」

エルナは苦笑したように小さく微笑《ほほえ》む。ここまで伝える必要はなかったかもしれない。しかしいつか後悔するよりは、伝えるべきことだったとクロスは感じた。

「……なんにせよ、あやつの目的が言葉通りのものか、それとも別にあるのか。まだ判断がつかん。竜のことを探りに来たのだとしても、お前のことまで知られていないのなら僥倖《ぎょうこう》だ。下手に騒がず、いつも通りに日々を過ごした方がいいだろうな」

＊＊＊

いつも通りに、日々を過ごす。

エルナはクロスの言葉を思い出しながら、箒《ほうき》の柄を動かす。そうする度に、しゃかり、と音を立てては、落ちた花弁がふわふわと集まっていく。精霊たちはエルナの足元でどんどこどんどこ踊っていた。ハムスター精霊にせよ、なぜ彼らは暇さえあれば踊り始めるのか。

それはさておき、しゃか、しゃかと庭の掃除をしながらエルナはクロスの言葉を思い返していた。いつも通りに、というのはもちろんエルナに関してのみで、今頃クロスは寝る間も惜しんでマールズ国の調査を行っているのだろう。

「う ーん……」

箒の柄に顎を乗せて、どうしたものかな、と考えてみる。

「私に何か、できることが……」

あればいいんだけどな。

けれど、そう思うことすら、おこがましいことなのかもしれない。

国同士の話で、力のみで解決できることなどおそらくそう多くはない。例えば、ヴィドラスト山の調査はエルナのみならばすぐに乗り出すことはできるが、精霊については詳しくても鉱山や宝石についてはただの素人だ。いくら魔力を見る目があるといったところで、石の産地までは特定できない。また、エルナの力を見せたところで、いたずらに騒がせてしまうだけかもしれない。

クロスの力になりたいと思うのと同じくらい、彼の足を引っ張りたくはないと強く願ってしまう。

「……意外と、少ないんだな。私ができることって」

それは人として生きていく中で、知っていくことばかりだけれど。

歯がゆい気持ちを呑み込み、気づけばつむってしまっていた瞳を開くと、精霊たちはずんどこずんどこ小刻みなリズムでエルナの周囲を回っていた。そんなにあからさまに回らなくても、と無言のままに彼らを見下ろす。もちろんハムスター精霊はその中で一番のキレのいいダンスを見せていた。ずんどこハムハム。ずんどこごんす。

エルナが現在いる場所はただの城の中庭である。キアローレの大樹と呼ばれる大きな木が見えないのは少し寂しいが、最初にメイドの仕事として割り振られたのがこの中庭を通る回廊の掃除であったために、なんとなくエルナの管轄のようになってしまった。

なんともいえない笑みを浮かべて精霊たちに視線を落としたままにしていたエルナだが、ふと顔を上げたとき、「あっ」と、一陣の風が吹いた。せっかく集めた花弁がエルナの視界一面に膨らむように風の中に流れ、さらさらと消えていく。

次に、流れた花弁の向こうに映ったのは銀の髪の、細い体つきの男だ。カイルヴィス、いや、マールズ国の使者、カイルである。

アーチの向こうの回廊にいるカイルはエルナには気づいていないようで、通りかかったノマに声をかけ、二人は会話を始めた。ところが次第に雲行きは怪しくなり、ノマはカイルになんらかの言葉を叫び、ぷんぷんと肩を動かしてこちらにやってきた。

「……何かあった？」

「あったわよ！　なんなのあの人！」

問いかけると、すぐさまノマはきゅっと眉をつり上げて振り返ったが、そこにはもうカイルの姿はない。

そのことがさらに怒りを増したようで、「わからないけど、城のことを色々聞いてこられたの。道に迷ったのかと思ったらそうではないみたいだし。そうぽろぽろとお城のことなんて教えるわけないじゃないの！」と、くわっと目と口を開き、「城のメイドを馬鹿にしているのかしら!?」とすっかりお冠である。

「城のことを、色々……」

「そう！　あっちには何があるのかとか。ここはどこかとか……。ねぇ、あの人ってなんなの？見ない顔だけど。貴族か何か？」

マールズ国からやってきた使者については、まだノマの耳には入っていないようだ。しかし、それも時間の問題だろう。だが少なくとも、エルナの口から話すべきことではないと思ったので、「さぁ……」と気のない返事をすることしかできなかった。

いつの間にか、踊っていた精霊たちは消えている。ただハムスター精霊だけが、その黒々とした瞳でカイルが去った道をじっと見つめていた。

結局、エルナが口に出さずともマールズ国からやってきたただ一人の使者については、すぐさま城の誰もが知るところとなった。

何しろ城の至る所に出没する。不必要だと思うほどにふらふらと出歩き、不審者と勘違いしたジピーが追いかけている姿も目にしたことがある。

さらにメイドを見ると誰彼構わず話しかけるらしいが、実はこの点に関してはメイドの間で評価がわかれた。ノマのように訝しく思う者もいれば、長い前髪でわかりづらいがよく見ると整った顔つきであり、雰囲気も柔和であると高評価な意見もあるようだ。ただカイルのことを怪しく思う者の方が多いのは事実であり、さすがのクロスも苦言を呈したらしく、城で声をかけられたという話は最近はあまり聞かない。

エルナはカイルとはなるべく顔を合わせないように、そして普段通りにメイドとして生活をしているため、すべては噂でのみ知るところであり、詳しいところは何もわかっていない。

ただ、奇妙な。ふわついたような感覚だけがあった。踏みしめる道が正しいのか、そうでないのかわからないような、そんな気持ちが。

空を飛ぶことができればいいのに。

そうすれば、不確かな道を歩く必要などどこにもない。でも、エルナはもう空を飛べない。自分がそう望んだことだ。そこに後悔など、ありはしない。


ごろん、とエルナはベッドの上に転がった。

アプリコット色の髪がシーツの上に広がる。自室の窓からは夜の中にとろけてしまいそうなほどのはちみつ色の月がよく見える。

「白か、黒か。何もがはっきりわかったらいいのに」

そうしたら自分だって、もっとクロスの力になる方法が見つかるかもしれないのに、と。

その呟《つぶや》きは誰にも知られることなく暗い夜空に吸い込まれていくはずだった。エルナはゆっくりと目を閉じて、次第に胸の動きが規則的な呼吸に変わっていく。

このときぴょこんっと飛び出したのは一匹のハムスターである。エルナが眠ったことを確認し、『すべては……』ぴくぴくっとピンク色の鼻と髭を小刻みに動かして、ベッドの下から顔を出す。

『ハムスターにおまかせ、でごんすよっ！』

実はちょっとすごいハムスター、いやハムスター精霊の。

大冒険の始まり、である。

＊＊＊

ハムスター精霊は実はすごい。毎日結構忙しい。

エルナのポケットの中にいつも入っていると思うなかれ。神に捧《ささ》げるダンスの練習は日夜欠かさないし、誰にも見られることなく練習できるスポットは複数把握している。ついでに城の警備も自主的に行っているのだ。

エルナとクロスの幸せを祈り、ささやかではあるが力にならんと小さな体をもひもひ動かし、怪しい人間がいないかどうか城内のチェックはもはや自身の仕事の一部とさえも考えている。

『ごごごごごんすごんすごんす』

気合の掛け声でちゃかちゃか城の回廊を進んでいく。日中に比べ暗く見通しも悪いが、夜目のきくハムスターなのでその点はもちろん大丈夫だ。

『ごごごごごんすごんすごんすがんす』

ちゃかちゃか小さな爪が床を蹴る。

「……ん。今何か聞こえたか？」

『ごんすぅー！』

ジピーである。どうやら夜間の見回りをしていたらしい。逃亡ハムスターと疑われることを危惧して、ハムスター精霊は自分の姿を消すことすら忘れ、しびびっと毛を逆立てて逆走した。ほわわー！　と悲鳴が出そうになるほどに頑張って走る。

途中、火の精霊や風の精霊に助けてもらいながら、やっとのことでハムスター精霊は目的の部屋に滑り込むことができた。いや、できそうでできなかった。扉の下の隙間から体が変形するほどに無理やり頭をつっこみ、お尻としっぽをぷるぷるさせる。入らない。もう一回ぷるぷるする。もちもちの体はもう前にも後ろにも進まない。なんてこったと、じたばたしていたとき、捜していた人物がすい、とハムスター精霊の前を横切った。

もちろんカイルだ。ハムスター精霊が頭だけ中途半端につっこんでいるドアの向こうはカイルが逗留を許可された部屋なので、彼がいるのは当たり前だ。

なんとか部屋に忍び込めばカイルの目的を探ることができるはず、と考えここまで来たハムスター精霊は息を呑んでできる限り室内へと目を凝らした。

机の上にはぽつりとランプが一つ。部屋の中は暗く、夜目がきくハムスターでもこの距離ではカイルの横顔程度しか見えない。

カイルはどうやら机の上の何かを見ているようだった。立ちながらペンを持ち、腰をかがめて何かを書き込んでいる。文字の動きではない。それなら……地図か何か……？

「ここでも、ない」

男が静かに呟いた。がりがりと、ペンが机に叩きつけられる音が響く。

「ない。ここも、違う」

『ご、ごんす……？』

がりがり、がりがり、がりがり。

「違う、違う、違う……！」

自身で描いた地図に、バツをつけるように強くペンを動かす。段々ハムスター精霊は寒々しさまで感じてきた。カイルは、何かを探している。

「エルナルフィア」

たしかに、カイルはそうぽつりと呟いた。

ハムスター精霊がはっとしたのと、「それなら……」と、カイルがにまりと口元を緩ませたのは同時だ。男の影が、ランプの光に照らされ、ぬうっと膨らみ伸びた。ような、気がした。

「やはり、ここか……？」

影が伸びたのは、きっと体勢を変えたからだ。むしろそう思いたい。

『は、ハムじゅらぁあああ』

ぶるぶるっとしっぽの先まで体が震えた。瞬間、はまっていた体がすぽんっと抜けた。わずかな音が響いたのか、カイルはドアへと視線を向けたが、そのときにはハムスター精霊は四本の足を必死に動かし、全力疾走で城の回廊を駆け抜けていた。

そしてエルナの部屋へとたどり着き、はんわはんわと小さな爪をシーツにひっかけベッドに登り、今や眠りについている部屋の主《あるじ》のほっぺをぺちんぺちんと何度も叩く。

『エルナ、起きるでがんす、起きるでがんす、起きるでがんすぅー！』

「え……何……」

『あ、あのカイルという男！　あまりにも怪しすぎるでごんす！　もう大変なんでごんすよー！』

「ええ……カイルが怪しいことは……もう知ってるよ……」

『ああっ！　眠らないでくれでごんすー！』

時間は真夜中である。エルナは瞳をとろりとさせて、そのまま枕の上に顔を突っ伏した。

『すりーぴーんぐっ！　でがんすー！』

髭の先までふえんとしょげさせたハムスター精霊が、まるで打楽器の如《ごと》くエルナの頭をぺちぺちぺちんと両手で打ち続けたが、夜はただ深まるばかりである。

色々とタイミングが悪かった、としかいいようのない出来事であった。

ハムスター精霊がカイルの寝所に忍び込んでから数日。

カイルがエルナルフィアの名を呟《つぶや》き、城の中で何かを探しているようだった……という話を改めてハムスター精霊から聞き、エルナができることと言えばクロスに報告する程度だった。それも今はなるべく目立たないようにクロスと直接会うことを避けているためコモンワルド経由での伝言となり、自身の力不足を日々噛《か》みしめるばかりだ。

それでもコモンワルドにはよくぞ教えてくれたと褒められたが、もちろんエルナの手柄とすることはできない。相変わらずエルナのポケットの中にはふくふくのほっぺのハムスター精霊がいたが、「頑張ったけれど、もう危ないことはしないでね」とピンク色のお鼻をちょんと指先でつつくと、ひくひくっとお鼻が返事をしていた。


カイルがウィズレイン王国にやってきてから、すでに一週間が経過していた。

――そんな中で、ウィズレイン城は普段とは違う喧騒《けんそう》に包まれていた。

「利用するのは大広間よね？　もう一回点検のために見て回ろうかしら……」

「もう何回掃除したのよ、大丈夫だから安心なさいな！　あっ。それよりシャンデリアのろうそくの数は足りるかしら？　芯切《しんき》り鋏《ばさみ》の確認もしなくちゃ……！」

「食事は立食パーティー？　でも椅子を使う方もいらっしゃるわよね。配置が難しいわ……」

これらはすべてメイドたちの悲鳴である。とはいえ、どこか浮かれたような声色にも聞こえる。

エルナは準備のためのテーブルクロスをしわにならないように持ちながら、その様子をなんともいえない気分で見つめていた。そしてさらにエルナ以上に複雑な――口元を引き結び、不本意そうな顔で粛々と準備を進めているのは、ノマである。ノマは「ふんっ」と不満そうに埃《ほこり》があれば拭き取って、「ふんっ」と椅子を並べて、「ふんっ」とろうそくをチェックし、いつの間にかぴかぴかにコップを磨き上げていた。

ずっと不満そうなのに行動に迷いがないところがノマの真面目さであり、長所といえる。

エルナは少し苦笑してしまったが、それでも微笑《ほほえ》ましい気持ちは隠せない。からかうつもりはなかったが、ひっそりと声をかけてしまう。

「ノマ、とても機嫌が悪そうね？」

「当たり前よ、だってっ……！」

とまで勢いよく叫んでノマは慌てて周囲を見回し、勢いとともに声を呑《の》み込み、ささやくように話す。

「……歓迎パーティーだなんて」

誰の、という主語がないのは、あえてだろう。準備をするメイドたちは誰も彼もが楽しそうでこちらに目を向けてはいないが、たしかに大きな声で言うべきことではない。

「……あの人の、だものね」

「そう、あの人の」

ノマはため息をついているが、きゅっきゅと端からコップを拭いていく手は余念なく動き続けている。働き者な姿に倣って、エルナも同じように動いた。慣れてきたとはいえ、まだまだメイドとしての経験が少ないエルナだ。見習うべき手本が近くにいるのは、やはりとてもありがたい。

ちなみにあの人――とは。隣国からの使者、カイル・ズーミエのことである。

カイルが正式なマールズ国の使者だと知った今もノマからすればそんなことは関係なく、怪しい男という認識は変わらなかったようだ。

エルナとしてはハムスター精霊からの報告を聞いた今も、カイルに対してどう自分の心を作ったらいいのか結論が出ていない。まるで何かがつっかえたような曖昧さに見ないふりをしたくて、カイルとなるべく顔を合わせないようにするという方針には、ほぼほぼ賛成している。

けれどエルナの前世の立場を明確にしていない以上、避けることもできない状況もあり、それが今だといえた。

初めての対談の際、クロスの案としてとにかく相手を待たせて時間を作り、苛立《いらだ》たせ本性を見極める……という嫌がらせを受けたカイルだったが、次なる状態として文字通りの時間稼ぎが必要だった。

なぜならカイルが本当に鉱山採掘の協力を取り付けるためウィズレイン王国へとやってきたのか、という調査の報告がまだ届いていない。エルナはクロスからはなんの連絡も受けていないが、動きがあればなんらかの伝言はあるはず。

そもそも調査がいつ終わるのかという具体的な期限もわからない今だからこそ、この歓迎パーティーが必要なのだ。

返答にあまり時間をかけすぎて下手に使者のへそを曲げさせるわけにはいかない。かといって、中途半端な答えを出すこともできない。折衷案として、『あなたのことを歓迎しているけれども、慎重を期す必要があるためにすぐに返答はできません』という言葉を暗に伝えるための催しを開くことになった、というわけである。

とはいえ、あまり大掛かりなものにして話を大げさにしては困る。

あくまでも招待されるのはハルバーン公爵などの一定以上の地位を持つ国の重鎮、そして美しいご令嬢たちだ。向こうもご機嫌取りの接待とはわかってはいるだろうが、それを受け入れるのも『そちらの気持ちは受け取らせていただきました』という返答になるわけで、国政とは中々に難しい。

そしてこうしたパーティーの多くはベテランメイドの他、エルナたちのように若いメイドたちに任されることも多い。経験を積むためであることはもちろんだが、そもそもパーティーに憧れを持つ少女たちがほとんどだ。現場を采配するコモンワルドもその辺りのことは心得ており、メイドたちはきびきびと、けれどもどこか嬉《うれ》しそうに会場の準備を行っている。

憧れの場に足を踏み入れることで少女たちのやる気にもつながっているようなので、そちらの方が効率もいいのだろう。しかし多くの若いメイドたちが動いている中、エルナだけその場にいないという悪目立ちはしたくない。なのでいつも通りに仕事をしているというわけだ。

おそらく当日にも駆り出されるだろうが、それはそれ。その日は季節外れの風邪を引く予定なので、カイルと顔を合わせることもないだろう。

「……待って、もっと薄いグラスはなかった？　今回は男性の比率が高いからお酒をメインに呑む方が多いわよね？　それならグラスの種類は変えた方がいいかも」

「いつもより小規模なパーティーだから、参加者の比率が違うのね」

「そう！　その通り！　コモンワルド様に変更した方がいいか確認してくるわ！」

先程までぶうたれた顔をしていたこともなんのその。ノマはぴゃっとエプロンスカートを翻し素早く駆けていったと思ったら、「やっぱり変えた方がいいんですって！」と服の裾を摑《つか》みながら、たかたかと戻ってくる。にこやかな笑みである。

その後もノマは精力的に準備を続けた。カイルのことはともかくやはりパーティーとなると心が浮き立ってしまうらしい。

そんなノマの隣で、エルナも気づけば口元に笑みをのせてしまっていた。

「やっぱりパーティーと聞くとわくわくしてしまうわよね。私たちは見ることしかできないけど、それでもとってもとっても当日が楽しみだわ！」

「私は嬉しそうなノマを見てる方が楽しいよ」

「えっ、なんで!?」

そして当日。風邪を引いた。

――エルナではなく、ノマが。

あれだけ心待ちにしていたというのに、あまりの気の毒さにエルナはノマを励ます言葉を伝えることができなかった。

『熱はないんだけど』

と、ノマはがらがらの声で悲しそうにベッドの中に埋もれており、『声を出すと、咳《せき》がたくさん出てしまうの……』と話す間も絶え間なくげほげほ苦しそうにしていた。大事なお客様たちがたくさんやってくるというのに、そんな状態では手伝うこともできない。

『エルナ、私の代わりに十分にみんなの力になってね』

と、苦しそうなノマの声を思い出しながら、現在のエルナはパーティー会場の端の方にて空になった皿を粛々と厨房《ちゆうぼう》に運び、そして新たな皿を持ってくるという行為を繰り返していた。

とりあえず目立たず職務を全うしていれば、カイルと顔を合わせることはないだろうという判断である。さすがのエルナもベッドの上で呻《うめ》くノマの願いを無視できるほど薄情ではない。

(カイルとはなるべく会わない方がいいことに違いはないけれど、カイルの目的がエルナルフィアかどうかはともかく、私についてまでは把握していないようだし)

もちろん今日の件はコモンワルドを通してクロスにも報告してある。特に止められていない、ということはクロスも同じ考えなのだろう。

――下手に騒がず、いつも通りに日々を過ごした方がいいだろうな。

クロスが以前に言っていた言葉だ。気を揉《も》みすぎても仕方がないので、普段通りにするのが一番ということだろう。

皿をのせた配膳用のワゴンを転がし、エルナはふと会場に目を向けた。

招待された貴族たちは、さすがに立場がある高位貴族ばかりだからか、ワインを片手に表面上は朗らかに会話をしている者が多い。

「マールズ国とこれを機会に縁をつなぐことができるのなら、願ってもないことですな」

「ええ。ぜひとも憂いなく話がまとまってほしいものです」

鉱山の情報はまだ確定ではない。この場に参加しているのは状況を把握している貴族のみだが、メイドや使用人、そして護衛の騎士たちはそうではないため明確な単語は避けて会話しているのだろう。

それでも、彼らの言葉の裏にはマールズ国に懐疑的な感情が滲《にじ》み出ているような気がした。みんな色々と思うところがあるのだろう。

(カイルが来てすぐに開いた会議でも、話がまとまらなかったとクロスが言っていたしね……)

人が多くなれば、それだけ揉めることも多くなるものだ。

いつまでも耳を澄ましていても仕方がないと、貴族たちの会話を通り抜けるようにエルナはワゴンを動かす。

パーティー会場に設置されたテーブルには名前もわからないようなおしゃれな料理が盛り付けられ、弾《はじ》けるシャンパングラスの泡は輝くようなシャンデリアの光をグラスに内包しているようだ。

どこからか聞こえてくる、ゆったりとした優雅な音楽に合わせて、人垣の中心では複数の男女が手を取り合いダンスを踊っている。

普段よりも小規模とはいえ、それでも会場には大勢の人々がひしめいていた。来賓であるカイルがどこにいるのかどうかは見回した限りではわからなかったが、クロスがどこにいるのか、ということはすぐに目に入ってしまった。

きらびやかな照明の下でクロスは見知らぬ貴族と談笑している。普段は大仰な装飾のある服をあまり好まない彼だったが、今日ばかりは仕方ないのだろう。王としての顔を作り、上品に口の端だけを上げるような、見知らぬ笑い方をしていた。

途端に、エルナはノマに申し訳なくなった。あくまでも仕事なのだから、楽しんでとまではノマは言わなかった。けれども少女らしい憧れの気持ちを持って、パーティーに参加できない自分の代わりに『みんなの力になって』と言っただろうに、エルナはこの場に対して、やはり空虚な感情しか持つことができない。

距離としてはそこまで遠くはないはずなのに、クロスとの距離が随分遠く感じる。ワゴンを持つ手に自然と力が入り、みしりと嫌な音がした。自分に驚いて、「わっ……」と小さな声を出してハンドルを確認する。大丈夫、曲がってないし壊れてもいない。ほっとしたのもつかの間、次に襲ってくるのは唐突な虚《むな》しさだった。一体自分は何をしているのか。

そんなエルナの暗い気持ちを吹き飛ばしたのは、「ぬあっはっはー!」と会場中に響き渡るような大声だ。聞き覚えがあるその声の主は、一緒にいたフェリオルになんらかの声をかけられ遅れて周囲の視線に気づいたらしく、

「あまりにも、酒が美味《うま》かったものでしてな……」

と、赤い髭《ひげ》すらも恥ずかしそうにうなだれて、大きな体をそのときばかりは小さくしていた。ハルバーン公爵である。しょんぼりした声すらもはっきりと伝わるほどに大きい。

笑ってはいけないと思いつつ、いつも変わらないその姿にはどこか救われる思いだった。こっそり向けていた視線をもとに戻そうとしたとき、ハルバーン公爵ではなく、隣にいたフェリオルと目が合った。

彼はクロスとよく似た金の目をきゅっと見開いた後に、ぱくぱくと口を動かしてなんらかの言葉をエルナに伝えようとしている。なんだろう。

——あのこと、よろしく頼む。

読み解けた言葉の意味に気づいて、エルナはぱちりと瞬いた後に、すぐに大きく頷《うなず》いた。それからにっこりと笑った。フェリオルも、周囲には気づかれぬようにやんわりと微笑む。

秘密の連絡はこれで終わりだ。ノマの期待に応えるべく、胸をはって前を向き再度ワゴンを動かそうとしたとき、「わっ」と小さな声が聞こえた。前方に人がいたことに気づくのが遅れてしまった。

「大変申し訳ございません……！」

エルナは即座に頭を下げて謝罪すると、「いいよいいよ気にしないで。僕もいきなり方向転換しちゃったからさぁ」と緩い声が頭の上から降ってきたので、弾かれたように顔を上げた。

「ん？」

男はほにゃりと笑い首を傾《かし》げている。後ろにくくっている長い猫のしっぽのような髪がひらりと揺れていた。相手の顔を確認するにつれて、エルナは自分の口元が思わず引きつってしまうのを感じた。

なんせ、目の前にいる男は。

できることなら避けることを願っていた他国からの使者——カイル・ズーミエという男であったからだ。

「いやほんとに気にしてないから大丈夫だよぉ」

どれくらいの時間、茫然《ぼうぜん》としていたのだろうか。

ふわふわと告げられた声に、エルナはハッとして意識を戻した。大した時間ではなかったかもしれないが、「……メイドさん？」と不審そうに訝《いぶか》しげな声を出すカイルに気づき、「いえ、大変申し訳ございませんでした」といつも以上に礼儀正しくを心がけて再度頭を下げた。

エルナはあくまでもただのメイドであり、こちらが普通にしている限りカイルも気にすることもないはずだ。だというのにぼんやりとして目立ってしまうなど、あまりにも悪手がすぎる。

すでに抱かれてしまったはずのあちらの違和感を払拭すべく、「お召し物は汚れてはいらっしゃいませんか？」と問いかけ、「必要でしたら替えの服をご準備致します」と提案する。

我ながらきちんとメイドらしく対応できたぞ、と心の中で胸をはったエルナだったが、メイドとしては堂々としすぎていることに残念ながら本人は気づいていない。

「え？　いや。うん。汚れてるとこはない……かな？」

「さようでございましたか」

　にっこり笑ったが、内心では心臓が飛び跳ねていた。なんせ、遠巻きに顔を見たことはあっても、実際に会話をするのはこれが初めてだ。きちんと会話ができているか、そしてさっさとこの場を立ち去ることができないかとそればかりを考えている。

　あちらが大丈夫と言っているのだ。よし逃げよう。即座に、今すぐにと貼り付けた笑みを崩すことなく、ワゴンのハンドルを握りしめた。みしり、とまた嫌な音がしたので今度こそ曲がっていないことを祈った。エルナの馬鹿力ですっかり虫の息となっているワゴンである。

「それでは失礼致します」

「あ、ちょっと待って」

　呼び止められれば、止まらないわけにはいかない。立ち止まって、カイルを見上げた。長い前髪の向こう側からは涼しげな銀の瞳が覗《のぞ》いている。なるほどこれはメイドたちが騒ぐはずだ、とひっそりと考えたが、正直、生前のカイルヴィスと同じ顔をしているようにしか見えないのでエルナはなんとも複雑な気持ちになった。

　それにしてもくしゃくしゃの髪型といい、白を基調にした服装といい。まるでカイルヴィスが好みそうな格好だ。目の前の青年とカイルヴィスはまったく別の人間だとクロスが言っていたことに、エルナもその通りだと納得している。しかし、なぜなのかと問いかけたくなってしまう。

　そしてエルナを呼び止めたカイルはというと、どうしてか呆《ほう》けた顔をしていた。

(もしかして、気づいた?)

エルナが、クロスと目を合わせた途端に理解したように。クロスが、エルナに対して過去の竜を重ねたように。

「ええっと。少し、君と話ができたら……」

しかしすぐに頭の中で首を横に振った。

(そういえば、この人はメイドを見れば色々と話しかけているんだった)

カイルは、この城の中で何かを探している。

クロスの苦言があってから、誰彼構わず声をかける行為はなりをひそめていると聞いたが、今日は多くのメイドたちが忙しく集まっている。少しくらいならばばれやしない、と思っているのかもしれない。

言葉を選びながらやんわり笑みを落とすカイルの顔には、やはり悪意は見えないような気がしたが、人の顔の裏など見通せないことはいくらでもある。

できればさっさとこの場を後にしたいところだが、あちらは国の貴賓でさらにいえば本日の主賓。こちらは一介のメイドだ。エルナは否定する立場にない。

(でも前にノマは怒って追い払っていたし、私も……)

いや、あのときはカイルの立場は公のものではなかった。今とは状況がまったく違う。

「話ですか?」

それならやっぱり素知らぬふりをして適当に切り上げるしかない。……でも適当ってどこだろう。

どうしたものか、と心の中で顔をしかめてしまったエルナだったが、なぜだかカイルはちょっと困った顔をした。けれどもすぐにエルナと目を合わせてへにゃりと表情を崩した。

なんとなく拍子抜けしてしまったような気持ちになり、エルナとカイルの間で奇妙な沈黙が落ちたときだ。

「い、いたっ！」

「え？」

「あっ、なんでも……やっぱ痛っ⁉」

エルナの眼前では、なぜだかカイルが後頭部を押さえて腰をかがめている。痛い、というのはさすっている頭なのだろうか。

「はうあ！」

かと思えば、ぴょんっと背筋を伸ばして跳ねる。「え、ええ、なんなんだろ……」と今度はしきりに背中を気にしているカイルだったが、エルナにも状況が理解できていない。

しかし次の瞬間エルナの目に入ったものは、テーブルの上でうごめく小さな影だった。

『ハムハムハムでごんす……』

ごごごごご、と覚悟を決めたハムスター精霊の目がきらりと光った。瞳の中では静かに炎が燃えている。まさかほんとにひまわりの種を投げるとは。いや前も投げてたけど。

『ハムじゅらぁ！』

「あいたぁ！」

あまりにも気の毒だった。もちろんカイルが。

どこにもいないと思ったらこんなところで待機していたのね……とカイルに向かってひまわりの種を高速で投げ続けるハムスター精霊にエルナはなんともいえない視線を向けてしまったが、その間もハムスター精霊はふっくらしたほっぺたから次なる弾丸を取り出し、しゅぱしゅぱとピンクの小さなお手々を動かしている。

『ハムハムハムハムハムハムラッシュ！』

もはやなんの言語かもわからない。多分技名か何かだと思う。

しかし、間違いなくチャンスでもあった。

「あ、あの！　な、何が起こっているのかわかりませんが、とりあえずお医者様を呼んで参りますので！」

「いやそこまで痛いわけじゃないんだけど！」

「じゃあ見張りの兵士を！　ごみとか、ええっと、尖《とが》ったごみとかが落ちているのかもしれませんし！　確認のための人手がいりますね！」

「ええっ!?　そういう感じ!?」

言い訳としてあまりにも不適切な言葉を叫びながら、エルナはがらがらがらっとワゴンを転がし逃げた。もちろん途中でハムスター精霊も回収した。見張りの兵士に声をかけ、ついでにそのまま会場を飛び出し、厨房までの道をゆっくりと歩く。さすがにここまで追いかけてくることはないだろう。

ワゴンの上ではハムスター精霊が普段はふわふわな体を心持ちほっそりさせて、すっかりへたり込んでしまっている。よっぽど疲れたに違いない。

「ありがとうね。あなたが隙を作ってくれたから」

『何かあったら、ぶ、ぶつけてやるぅと思ってひまわりの種の殻を溜《た》めてたでごんす……』

ハムスター精霊なりに、カイルの脅威に対抗しようとスタンバイしてくれていたらしい。

可愛《かわい》らしい反抗ではあったが、エルナは素直にもう一度、ハムスター精霊に礼を伝えた。

「うん、ありがとう。助かったよ」

『でも……間違ってまだ食べてない種もぶつけちゃったでがんすぅ……！』

「それは……その。今度、種を多めに買ってきてあげる」

『ハッピーライフの始まりでごんす！』

ぴょこんっと即座に跳び上がったふわふわ毛玉のハムを見て、この精霊にとってひまわりの種はどれほどの価値があるのだろう……と、エルナはなんともいえない面持ちでハムスター精霊を見下ろした。ワゴンの上では嬉しそうに種を抱えてハムハム踊りが繰り広げられていた。


そんなこんなでエルナはカイルからの逃亡に成功した。

その後については、やはりノマからお願いされた手前できることはしたいと願って、厨房の手伝いをメインに行うことにした。そのかいあって、カイルと顔を合わせることなくつつがなくパーティーは終了した。

噂《うわさ》では、なぜだか会場にはひまわりの種がぽろぽろと床に落ちていたらしく、丁度見張りのために待機していたジピーが種拾いを行ったそうで、「会場に来た誰かが飾っていた花から落としたのかね？」と首を傾げていた。その報告を聞いたハムスター精霊は、『た、食べ残しがあるのならおくれでがんす！』とエルナのポケットの中でじたばたしていたが、もちろん伝えるわけにはいかないので無視をして、ジピーが消えた後に様子を見てみるとちょっとだけ憔悴《しょうすい》していた。可哀想《かわいそう》なので持っていたクッキーをあげたら、一瞬にして頬袋をほくほくしていた。ひまわりの種はまた今度だ。

ノマの風邪は翌日すっかり治った。

「こんなに早く治るのなら、昨日に治ってほしかったのに！」と本人はたいそう残念がっていたが、長引くことがなくてよかったと考えるべきだろう。

いつもとは違う予想外のイベントから数日がたち、エルナの日常はすっかり平穏を取り戻していた。今日もいい天気だ、と薄い雲がすうっと伸びた空をぼんやりと見上げてしまう。

エルナ自身は無自覚だが、考え事があるときにはふとしたときに空を見つめる癖がある。

——クロスの方は、なんらかの進展があったのだろうか？

どうなのだろうと思案しているうちにいつの間にか雲は流れ去っていき、青すぎる空の色が目に沁《し》みて、しゃらりと鱗《うろこ》の音が降り落ちる。

（竜……？）

目を眇《すが》めてさらに顔を上げ確認した。エルナルフィアの鱗だと見間違ったものはただの強すぎる太陽の光だったらしい。ぎらりと熱い熱が、じわじわと肌を焼く。次に遠くに見えた雲は、子どもが食べる雲菓子のようにもくもくと膨らんでいる。

（知らないうちに、夏が近づいているのね……）

「エルナ、おい、エルナ！　ちゃんと聞いているのか！」

そのとき、きゃんっと子犬が吠《ほ》えた。いやエルナからはそう見えて聞こえただけで、実際は少年の声である。

「時間は限られているのだから、ぼうっとしている暇はないぞっ！」

この、クロスを小さくさせて、さらに愛らしく変えたような少年は、つるんとした膝小僧を見せながら腕を組み、目立つ金の髪の毛を心持ちかぴこぴこさせている。

喜びを隠しきれていない口は嬉しそうに弧を描き、ほっぺはほこほこと紅潮してピンク色だ。

「さあ、出発の時間だな！」

ウィズレイン王国、王弟殿下。

フェリオルの愛称で親しまれる少年はエルナに向かって、むんっ、と胸をはり、にこりと嬉しそうに破顔した。

「……その。出発とは言ったものの、どこか体調が悪いのではないのか？　やはり別の日に改めても……」

「ああまったく、ただぼんやりしていただけです。すみませんフェリオル様」

「それなら……いいんですが。いや、いいんだが」

自分の言葉にはっとして、フェリオルはげほげほとごまかすように咳《せ》き込んでいる。しかし咳をしすぎたのか今度は妙なところに詰まってしまったらしく、さらに顔を真っ赤にして体を曲げるフェリオルの背中をエルナは無言でなでた。そのとき周囲の視線には気づいたが気にすることなくなで続けていると、フェリオルがすいっと片手を持ち上げて問題ないと制している。エルナではなく、他の相手に。

「すまないエルナさ……いやエルナ」

「はい。大丈夫ですよ」

言葉のブレは本人が気にしているようなので、あえてエルナから何か伝えるつもりはない。エルナ自身はどういった言葉遣いをされようともどうでもよくはあるのだが。

「少し、僕は緊張しているのかもしれない。隠れているとはいえ護衛つきで街を回るだなんて、初めてのことだから……」

と、フェリオルは恥じ入るように頬を赤らめて、ちらりとエルナを見上げた。不覚にも、エルナはフェリオルのことを少しだけ可愛らしく思えてしまった。……兄であるクロスとよく似ている、というところも、きゅんときてしまった原因の一つなのかもしれない。

「……初めてのことは、誰でもそうです。恥ずかしいことではありません」

なんとか息を呑み込んで、平常の気持ちでできるだけ優しく伝えてみた。エルナだって幼い相手にはなるべく優しくしたいという感情くらいは持ち合わせている。できているかどうかは、わからないが。

そう、今日は以前からフェリオルに願われていた、出会った日のやり直しだ。

カイルの歓迎パーティーの際に『あのこと、よろしく頼む』とエルナにこっそり伝えていた、あのこととは、まさに今回のお出かけのことだった。

エルナがフェリオルと顔を合わせたのは偶発の事故のようなもので、曰《いわ》く、『エルナと出会えたことは忘れがたいことだが、あの日の僕の行動はどうかすべて記憶から消し去ってほしい！』とのことらしく、二人で相談して、出会った日をやり直すことにしたのだ。

そんなに気にしなくてもいいのにとエルナは思うが、たしかに初めて出会った日のフェリオルはちょっとばかり尊大で、少しばかり無鉄砲だった。まとめていうと小生意気な男の子だった。

フェリオルはそのことを思い出すと、『あわわわわ』と頭を抱えて涙目になってしまうようだが、子どもをいじめる趣味はないので、忘れることは難しくてもあえて口にするつもりはない。

だから本当に、気にしないでと言いたいけれど、本人からするとそんなわけにはいかないのだろう。

「ええっと、エルナさ、いやエルナ」

フェリオルもエルナの前世について知ってはいるが、人目を意識して常の対応をしようと必死だった。なんだか目までぐるぐる回っている。『僕は人の立場に応じて態度を変えようとするなど、なんて愚かだ！』と最初に出会ったときに自身がエルナを軽んじるような扱いをしていたことに憤ると同時に嘆いていたが、そこは王族なのだから仕方ないのではないか、とエルナは感じている。メイド相手に畏《かしこ》まる方がどうかと思うし、あと別にそこまで失礼な扱いは受けてはいない。

ただなんにせよ、今日がフェリオルにとって貴重な一日となることに違いはなかった。

なんせ、普段は馬車に乗って移動するのがせいぜいで、街を直接自身の足で歩くことなどまずないようで、出会った日のやり直しというのは裏の目的であり、表向きは王弟殿下の社会見学のためということになっている。そのためきちんと護衛役の騎士たちが随所に待機しており、先程フェリオルが手で制したのは彼らに対してだ。

城を抜け出すような勝手なことはもうしないと誓う少年は、最初に出会ったときよりも一回りは大きくなっているような気がする。

エルナはもちろんメイドとして彼に付き従う役だ。ただし本日はお忍びであるため、メイドの服装ではなく町娘の様相であり、髪は二つ結びにして普段とは雰囲気を変えている。フェリオルもそこらにいそうなただの少年のような格好に扮《ふん》していた。あまり似てはいないが、表向きは姉弟という設定だ。

しかしまさか、ひっそりと隠れてフェリオルを見守る騎士たちも思うまい。姉役であるエルナが、一番の護衛役ともいえるとは。

王族のお忍びの視察としてはこれ以上なく安全、かつ適切な配置となっている。エルナのポケットから、こそこそ、とハムスター精霊が顔を出して周囲の匂いをくんくんと嗅いでいる。

「うん。……うん。もう大丈夫だ」

緊張して思うように声を出すことができなかったフェリオルだが、ゆっくりと深い呼吸を繰り返してやっと落ち着いてきたらしい。すっかり硬くなっていた表情も柔らかくなり、真《ま》っ直《す》ぐにエルナを見上げていた。

「エルナ、案内は任せても構わないか？」

きらきらと輝くような瞳とかち合い、自然とエルナも微笑んでいた。

「ええ、もちろん！」

だから、力いっぱいに返事をした。

とはいっても、エルナだってこの街に来てから城のメイドとして外に出るようになりやっと慣れてきた程度で、詳しくなんて全然ない。でも、だからこそ精一杯に案内した。

「ここがエルナがいつも買い物をしている店か？」

「そう。お兄さんが甘いもの好きだからね」

「あら、エルナちゃん。今日は可愛らしい子も一緒なのねぇ」

「弟です！」

ちなみに、お兄さんとはフェリオルの兄という意味でクロスのことである。

サンフラワー商店は大口の受注のみ受け付ける問屋のような店だ。保存のきく食料品を多く扱っているため、城ではよくお世話になっている。お隣の花屋も家族で営んでいるらしく、ハムスター精霊のおやつであるひまわりの種はそこで購入している。なので、この店に近づくだけでうっとり顔になってしまうハムスター精霊を見て、フェリオルは最初びっくりした後、小さな声で笑っていた。

「買い物はあまりしないけど、街中を歩くのは好きかも」

「へ、へぇ……。まあ祭りの日よりもずっと人は少ないな」

「さすがにお祭りの日と比べたらそうね。でも今日はいい天気だから、いつもよりも人が多いかも」

「ほう……」

商店街はいつも活気に満ち溢《あふ》れている。客引きの声が元気に響いて、ぎくりとフェリオルの肩が跳ねた。「大丈夫」とこっそり小さな声で伝える。姉弟のふりをしているから、自然と言葉遣いも柔らかくなってしまう。いつの間にか、エルナとフェリオルは手をつないでいたから、ちょっとの彼の驚きもわかってしまった。

私がいるから、とまでは言わなかったけれど、フェリオルはすいっと背筋を伸ばした。

興味深げに店を見回って、とうとう露店でパンを購入していた。前回の失敗から財布の中には金貨ではなく銅貨を準備していたらしく、初めての買い物にきらきらと目を光らせている。嬉しいときは、やっぱり無言で喜ぶんだな、とちょっと可愛らしく感じてしまった。

「エルナは！　腹は減ってないのか？」

「さっき少しもらったから大丈夫」

毒見代わりとして最初にそっと口に含んだのだが、そこまで言わなくてもいいだろう。楽しそうなフェリオルの声を聞くと、こちらまで嬉しくなってくる。

パンの切り込みから飛び出るほどの茹《ゆ》でた分厚いソーセージと一緒に野菜もふんだんに挟まれていて、ぱりっと音を立ててソーセージを食べると次にやってくるのはぴりりときいたマスタードの風味だ。エルナも食べたことがある店なので、口の中に溢れる肉汁をわふわふ必死に食べるフェリオルの気持ちはちょっとわかるし、見ていてとても愛嬌《あいきょう》がある。

広場のベンチに腰掛けて、口いっぱいにパンを頬張るフェリオルが隣にいると、ついこの間まで色々と悩んでいたことが嘘《うそ》みたいな気分になってしまう。たまにはこんな日もいいな、と思ってハムスター精霊にはひまわりの種をあげた。

フェリオルの前ではただのハムスターのふりをしている精霊は、ぺこんと頭を下げた仕草だけでお礼を伝えて、すぐさま種の皮を剝《む》くことに専念している。

「前から思っていたんだが。そのハムスター、ちょっと変だと思うくらいに賢いな……？」

「実はすごいハムなの」

「へー……？」

ただのハムのふりをしていたつもりである精霊がショックのあまりに種を持つ手が震えているが、それはさておき。

フェリオルを連れてもうたくさんの場所を訪れたから、出発は朝早くだったというのに太陽も真上から落ちてきている。姿を見せないように隠れている護衛の騎士たちもすっかり歩きづめだ。そろそろ休憩してもらった方がいいだろうとエルナは考え、そのまましばらくベンチに座ることにした。

広場では噴水が湧き上がり、太陽の光が水面と水しぶきに反射し、きらきらと美しく輝いている。

(……あんなの、エルナルフィアの時代では考えられなかったな)

それはもう遠い昔となってしまった日々だけれど。

ヴァイド——この国の礎を作った初代国王は雨が降りづらい土地であることを嘆き、また人々の幸せを願ってこの地をウィズレインと名付けた。けれど精霊術の進歩により、現在では水不足に困ることはない。城には水の精霊の力を借り、貯水のための池が作られ、街にもこうした噴水が設置されるようになった。

ただし便利になった反面、人と精霊との距離は昔よりも遠くなっているような気がした。どこにでもいて日常の小さな願いを叶《かな》えてくれる代わりに、ちょっとしたいたずらを残していくような可愛らしい隣人という存在から、崇《あが》められ、尊ばれる存在に変わってしまったのだ。

本当は、精霊はどこにでもいる。エルナのようにそのことを知っている人間の周囲には、居心地がいいのか精霊が集まりやすい。

広場では木の精霊や風の精霊がひゅうひゅうと流れるように追いかけっこをしている。

ハムスター精霊も土の精霊に誘われて、お散歩に消えてしまった。その姿を微笑ましく見下ろしていると、ふと、きらりとした輝きが視界に留まる。

噴水の水が光ったのかと思ったが、少し違う。エルナはほんの少し前のめりになりながら目を凝らしてみる。むう、と自然と眉間にしわが寄ってしまう。

「どうかしたのか？」

すでにパンを食べ終えたフェリオルが、持っていたハンカチでお上品に手を拭っている。「あちらに何かあるのか？」と問いかけられて、「そういうわけじゃ……」と首を横に振ろうとしたが、エルナはすぐに思い直した。

「うん。少しあっちに行ってもいいかしら？」

「もちろんいいぞ」

こくりとフェリオルは頷き、仲のいい姉弟のような姿でちょこちょこと二人は噴水に近づく。

「水がとても澄んでいて涼しげだ。腕のいい精霊術師が土壌から汲《く》み取っているんだろうな」

片手で水をすくいながらフェリオルは弾んだような声を出したが、エルナはそれどころではなく、煉瓦《れんが》でできた囲いに両手をつき、波立つ水面を見下ろす。

そこには、一人の少女の姿があった。エルナではなく、美しい金の髪の娘だ。

彼女はにこりと笑った。次にエルナが瞬くと煉瓦の上に腰をかけて、ぱちゃぱちゃと白い足の先で水を弾いている。

そしてまた、ちらりとエルナを見て微笑する。

（……森の中ならまだしも、こんなところに高位の精霊が？）

その頃、土の精霊と散歩中のハムスター精霊が、くしゅんと小さなくしゃみをしていた。

――ときに例外はあるものの、精霊は自然を好む。その特性はより高位の精霊に顕著に表れるとされ、また精霊は高位になればなるほど、姿かたちのない曖昧な存在から自身の器となる形を作る。

足先まである長い金の髪は少女が動くごとに緩く揺れた。白いシンプルなワンピースを着て、無垢《むく》な幼子のような表情でこちらを見る少女は耳の先こそわずかに尖っているが、その姿はただの人の子のように見える。

つまり彼女は自身の器に少女の姿を選ぶほどに、人に好意を持っているということだろう。だからこそこんな街中にいるのかもしれない。

一瞬驚きはしたが警戒が必要な相手ではない。フェリオルが水面に自身の顔を映したり、ちゃぷちゃぷと指を入れたりとこちらを気にしてはいないことを確認して、エルナはその精霊に話しかけた。

（こんにちは、水の精霊。私のことを呼んだのはあなた？）

これほどまでに高位ならば、わざわざ声を出して言葉にする必要はない。あちらが勝手にエルナの意図を読み取ってくれるはずだ。

すぐさま精霊は嬉々《きき》とした声で返事をした。

『気づいてくれたの？　ガラスの竜』

もう竜ではないけれど、と苦笑して返事をすると、『そんなことはどうだっていいの。私、ずっとあなたとお話ししたかったの』と、からころと水の精霊は笑う。

（ずっと話をしたかった……？　どういうこと？）

『色んな精霊からあなたの話を聞いたわ。特に城にいる精霊たちからね。私、見ての通り人が好きなの。だから多分、あなたも好きよ』

人はときには嘘をついたり、ごまかしたりと愚かなことをするけれど別にいいの、と鈴を転がすように話すこの精霊は、おそらくよっぽどの変わり者だ。

『私は笑う人間が好き。でも悲しむ人間も好き。悲しみや怒りの中で幸せを求めて、必死にあがく人間を見るのが大好き』

幼い顔つきであるはずなのに、老婆のように悟りきった、いや何も知らない生まれたての子どものように。恐ろしいほどに無邪気な声色で精霊は小首を傾げながらエルナを見上げる。

『人が精霊を見る目を持つことは、とても喜ばしいことよ。あなたは飛竜であり火竜だったから、水が苦手なことは知っているけれど。よければいつか、私とも遊んでちょうだいね』

そう言ってつんとエルナの鼻に指を伸ばしたかと思うと、ぱしゃんと弾け、精霊は泡沫《ほうまつ》のように消え去った。

まるで時が止まっていたのかと錯覚するほどに静まり返っていた周囲から、唐突に音が生まれた。しゃわしゃわと噴水の水がこぼれ落ちる。

虫や、風の音。人々の笑い声。

エルナの顎を伝って、ぽたりと一粒、汗が落ちる。

「……疲れたのか?」

気づくとフェリオルが訝しげにこちらを窺《うかが》うように見上げている。半テンポほど、反応が遅れてしまった。「まさか」と返答してから額を拭う仕草をする。

「少し、暑いなと思っただけよ」

「それならいいが……。ん、城に戻る予定の時刻までまだ時間はあるな……。早めに戻っても僕は構わないけれど」

「ううん、せっかくの機会だもの。でも時間はあるといっても、そこまで長くはなさそうね」

空に昇った太陽の高さを確認してからエルナは思案した。

今回の予定だが、実はきちんと決めていない。

王族のお忍びとなればどこから情報が漏れるかもわからないから、あえてその場その場で行き先を決めることにしているのだ。隠れて護衛が付いているとはいえフェリオルが一人勝手に城から抜け出したときよりも、むしろ慎重になるべきだろう。

「んー……」

じりじりと照りつけるような太陽の下でエルナは顎に手を当てて考える。散歩をしていたハムスター精霊もちょこちょこと戻ってくる。

「せっかくだし。最後に、涼しいところに行きましょうか」

「涼しいところ……？」

からん、とドアに取り付けられたカウベルが鳴ると同時に「いらっしゃいませー！」と元気な声が聞こえる。

「………」

「おいどうしたんだエルナ。なんでいきなり緊張してるんだ！」

にこやかな顔で接客してくれた店員に対して、エルナは体を硬くさせて二本の足で立ったままぴくりとも動かない。「行きつけの店なんじゃなかったのか……!?」とフェリオルが困惑した声を発して、エルナの服の裾をつんつんと引っ張っている。

「あの、お客様……？」

「ご、ごめんなさい。二人です。二人で来ました」

「ではご案内致しますね」

店員はエルナの様子に不審な顔を見せることなく、さかさかと空いている席に案内する。プロである。「ご注文がお決まりになりましたら、こちらのベルでお呼びください」と、明るい声を最後に紡ぎ、エプロンドレスをひらりと翻しながら別の対応に消えてしまう。

行かないでほしい、と思わずエルナは呼び止めたい気持ちになったが、そんなことはもちろんできない。渡されたメニュー表を鬼《オーガ》のような表情で見下ろし、膝の上に両手を乗せながらかちんこちんとなっている。

「な、なあ。どういうことなんだ？　涼しいところに行こうって、さっきまで自信満々だったじゃないか……!?」

フェリオルの気持ちは痛いほどに伝わるし、理解もできる。

「ごめん、こんなことになるだなんて、思わなくて……！」

だからこそエルナは絞りだしたような声で、テーブルを挟んで正面に座るフェリオルから勢いよく視線をそらしてしまう。

「なんでだ？　そんなにおかしな店ではないだろう。むしろおかしい、な店か？　そう、お菓子な店なのか？」

「うまいことまで、言わせてしまって、ごめん……！」

「い、言った僕まで恥ずかしくなってくるだろ！　妙な謝罪はやめてくれ！　ここは……」

ぴたり、とフェリオルは息を止めて。

「――ただの甘味処《かんみどころ》じゃないか！」

はっきりと、言い切った。

その瞬間、なぜだかエルナは赤面して顔を伏せた。

「う、ううう！」

「だ、だからなんでなんだよ!?」

フェリオルはつっこみ、つられたように少年もほんの少しだけ耳の端を赤くした。そうした自分に気づいたらしく、慌てて自分の耳を隠した。でもエルナはそんなことにも気づかないくらい、なぜだかひどくどきどきして、渡されたメニュー表にやっぱりただただじっと、視線を落とすことしかできなかった。

そう、エルナがフェリオルを連れてきたのは甘味処だった。落ち着いた色合いの、丸い木のテーブルが並ぶこぢんまりとした可愛らしい店で、風通しもいいために店に入るだけでもすっかり二人の汗はひいている。

こうしてエルナが無言で顔を伏せている間も、どんどんお客が入ってくる。案内役の少女の声があまりの忙しさに嗄《か》れてくるほどの唐突な客の入りだ。どれもこれもが屈強な男性ばかりで、あっという間に店内はぎゅうぎゅう詰めになっていく。

それもそのはず。彼らはフェリオルの護衛役であり、念のために外だけではなく店内にも人員を配置したのだろう。

「あの、なんというか。実は、私も初めて入った店で……」

「それは、見ればわかるが……」

「前々から、少し気になっていたから、せっかくの機会だしと思ったんだけど。いざ、甘いものを食べるために入ったと考えると、羞恥心というか、罪悪感というか」

「ん、んん？」

「他の人のことをどうというわけではなく、あくまでも自分の気持ちの上というか。甘いものが美味《お》しいということを最近知ったんだけど、自分からそれを進んで食べると考えると、申し訳なさが先立つような」

「何を言っているかはわからないが、とりあえず難儀なことを言っているということはわかるぞ……？」

実はエルナが甘いものを知ったのは王都に来てから——クロスに餌付けをされてからだ。

竜としての記憶の中でも、人として生まれ育った中でも甘味など関わりのなかったもので、初めて食べたおやつという存在は、エルナに相当の衝撃を与えた。

美味しいけれどもたくさん食べるのはよくはない気がする……といういまだ曖昧な感情を抱えたままであり、実は自分が甘味好きだったということにも気づいていない。

「ええと。僕もやはりよくはわかっていないのだが……でもとりあえず、せっかく店に来たんなら注文するのが礼儀なのではないか？」

「そうだね。そうだ、その通りだ。うんそうだ。待って、考えてみるわ……どうしよう。何を頼んだらいいか、まったくもってわからない」

「………」

ただのメニュー表も、エルナにとっては難解な書物のように見えてしまうらしい。

二人で見やすいように角度を変えてフェリオルも一緒に見てみたものの、フェリオルだって今しがた人生で初めての買い物を終えたばかりだ。まるでにらめっこのような状況になってしまう。ハムスター精霊もエルナのポケットから抜け出して首を傾げている。

こうして時間ばかりがいたずらに過ぎていくが、「お客様ご注文がお決まりでしたら……あら？」新たにやってきた店員の高い位置でくくった桃色の髪が、驚きのあまりにぴよんと跳ねた。

「エルナさんじゃないの」

「えっ。カカミ？」

「知り合いなのか？」

ほとんど同時に三人が声を出して顔を見合わせる。

エルナはフェリオルに頷き、少し考えた後に「うん。友達」と返答した。カカミは嬉しそうに笑いながら、手元のメモをとんとこペンで叩《たた》いている。

「エルナさんはえっと……ご家族と一緒、みたいな？」

「うん、そう。弟なんだ。カカミはこの店で働いていたの？　教会の方は？」

「司祭様のお体もそろそろ元気になってこられたからね。お小遣い稼ぎのためにたまに手伝ってるの。普段は厨房にいるんだけど、今日はちょっと……」

カカミはエルナルフィア教を祀《まつ》っている教会で暮らしている孤児だ。エルナルフィア関連のいざこざにカカミと暮らす教会の司祭が巻き込まれてしまった事件の記憶はまだ色濃く残っているが、お元気そうならよかったとエルナはそっと息をついた。

それにしても。なぜいつもは厨房にいるというのに今日は注文を取っているのだろう……とカカミが濁した言葉の意味を考えエルナはちらりと店内を見渡したのだが、理由はすぐに察した。

フェリオルの護衛役である騎士たちは、そろいもそろって生真面目な顔のままメニュー表に視線を落としていたのだが、いつまでもそうしていては不自然だ。ぱらぱらと片手を上げ、仏頂面のままに甘味を注文し始めている。

最初に席に案内してくれた少女はいきなりの大量の注文にてんてこ舞いとなっており、カカミも気持ちの上でそわついてしまうのだろう。ちょこちょこ、きょろきょろと足と目が動いてしまっている。

「エルナさんたちは、まだ注文は決まってないのよね？　もっと後で来ても大丈夫よね」

「うん。何を頼んだらいいかわかってないから、それはもちろん大丈夫なんだけど……」

「うん？　どうかした？」

この忙しさは、いわばエルナとフェリオルが連れてきてしまったともいえる。カカミは普段厨房にこもっていると言うくらいだ。小さな体では給仕役をするのも大変だろう。……手伝いたい、と思ったのがエルナの本音である。

店の中には城から連れてきた騎士以外の客もいるが、これだけ護衛役がひしめいているのだ。店の中はフェリオルにとって比較的安全なように思えた。ただそれでもエルナは城のメイドだ。クロス本人がそう思わずとも王の所有物ともいえる存在であり、勝手をするのはよろしくはない、ということくらいはわかる。

「ごめん、なんでもない……」

テーブルに手をついて自然と浮いてしまっていた腰を再度椅子に戻したのだが。「別に構わないぞ。僕が許可する」と、フェリオルが久しぶりに尊大な口調で、うんと頷き腕を組んだままエルナに話しかけたから、エルナはぱっと瞬きながら少年に顔を向けた。

「本当？」

「友人を助けたいと思うのはとても自然なことだ。こちらを気にする必要などない」

「え？　なになに？　もしかしてエルナさん、手伝ってくれるの？　やったあ！」

「うん。慣れてないから力になれるかわからないけど」

「大丈夫、実は厨房も大変になりそうだから、猫でもハムでも手を借りたいと思ってたとこ！」

「そっか。じゃあ遠慮なく」

「うむ。行ってこい」

「あははっ！　なんだか生意気な子だねぇ！」

吹き出すように笑ったカカミを、フェリオルは呆然《ぼうぜん》とした顔で見上げた。フェリオルは椅子に座っているので身長差はわかりづらいが、おそらく二人は同じ年程度か、もしくはカカミの方が年下のような気がする。

そんな年下を相手に、いやそもそも一国の王子である少年だ。生意気、などと人から言われたことはもちろん、会話として聞く機会さえもなかったのではないだろうか。

「な、な、生意気……？」

ぽかんとしていたかと思うと、フェリオルは口元をひくひくさせている。エルナはただその場を見守ることにした。もはや下手なことを言える空気ではない。

「ああ、もしかして、お姉さんと離れるのが寂しかったり？」

「寂しい!?　ば……。そんっ、そんなわけがないだろう……！」

「そうだ、弟くんもまだ注文しないんだよね、じゃあ弟くんも一緒に手伝ってよ！」

「はぁ!?」

カカミがぐいとフェリオルの腕を引っ張った瞬間、ざわりと店内の空気が揺れ、客の多くが中腰となっている。もちろん護衛の騎士たちだ。大丈夫ですよ、とエルナが慌てて片手を振ると、異様な雰囲気はすぐに消えていった。一般のお客たちが気の所為《せい》だったのだろうかとばかりに辺りを見回していた。申し訳ない。

薄々気づいていたのだがフェリオルはどうも押しに弱いらしく、いつの間にかカカミに引っ張られていく。「弟くん、こういうとこで働いたことある？　えっ、ない？　ならなんでも経験だよね、いいじゃんいいじゃん！」と元気にスキップするカカミに初めは目を白黒させていたのだが、「経験……？　これも、経験なのか……？」と何やらぶつぶつと呟き、「そうか！　経験か！」とやる気をみなぎらせていた。

エルナもエルナで借りてきたエプロンを着けながら、すでに顔見知りとなってしまった騎士たちの注文を伺い、厨房に伝えに行く。出来上がったケーキをお盆にのせたフェリオルが騎士たちのテーブルに向かったとき、その場には奇妙な緊張が漂っていた。すごいことになってきたぞ、とエルナは使い終わったテーブルを拭きながらこっそりと覗き見して考えた。

こうしてあっという間に時間は過ぎていき、少しずつ客の波も引いていく。というかいつまでも同じ人間たちが居座っていては怪しいので、一部を残して騎士たちも退散していった。店内の確認ができたので、次は外周の警備に当たるのだろう。エルナはそっと騎士たちに会釈した。フェリオルのお出かけも、あと少しで終了だ。

「本当にありがとー！　お仕事してもらったお給金の代わりといってはなんだけど、うちで一番のおすすめのチョコケーキとフルーツティー！　ぜひぜひ味わってね！」

そう言って元気いっぱいに置かれたテーブルの上のケーキと紅茶を見た後にエルナはフェリオルと顔を見合わせた。カカミは背中のエプロンの紐《ひも》をぴろぴろと動かすように厨房に消えてしまう。

エルナとフェリオルは、最初と同じように向かい合ってテーブルに座っていた。なんとなく、互いに見つめ合い数秒そのままで過ごした。「ふふ」「くく」そしたらどうしてかわからないけれど、段々面白くなってきた。

一体さっきまで何をしていたんだろう？　と怒濤《どとう》の展開に腹を抱えて笑ってしまう。

「労働か。公務以外でとなると、もしかすると初めてだったかもしれないな」

「嫌だった？　付き合わせちゃってごめんね」

「いいや。でも、適材適所はあるように思った。こうした仕事が嫌というわけではなくて、僕はここにいる彼らを支えるためにできることをしなければいけないような気がする」

「……そっか」

「しかし、いい経験になったというのは本当だ。改めて、今日は一緒に来てくれてありがとう……その、エルナ」

「どういたしまして」

エルナは柔らかい表情でフェリオルを見つめた。フェリオルもにっこり笑った後で、「しかし、騎士の連中。ケーキを持っていったとき、僕とケーキをすごい顔で見ていたな」といたずらっ子のような顔をしたとき、やっぱりクロスの弟なんだな、とエルナは少しだけ瞬いてしまった。

そんなエルナには気づかず、フェリオルはテーブルに置かれたケーキと紅茶を改めて見下ろし、

「綺麗《きれい》な色をしているな」とぽつりと呟く。

　ガラスのように透明なポットの中には二人分の紅茶が入っていた。色は琥珀《こはく》色で、カットした季節のフルーツが赤や緑、オレンジとたっぷりと入っていて色鮮やかだ。ポットを持ち上げてみると、温かいと思いきやひんやりとしている。フェリオルと自身のカップに琥珀色の液体をとぷとぷとそそいだ。爽やかな匂いが鼻孔をくすぐる。

「ん。美味いな」

「すっきりしていていいね。もっと暑くなったときにも飲んでみたい」

　王宮の食事に舌が慣れているフェリオルを相手にして少しだけエルナは緊張したが、概《おおむ》ね好評なようだ。

「紅茶はいいが……それに比べてこっちは……」

　こちらはエルナの手のひらと同じくらいの茶色い長方形のケーキが一つの皿にのせられている。ナイフも一緒に置かれているため、切り分けて食べるタイプなのだろう。

「地味だな」

　フェリオルは率直な意見を出した。エルナもケーキのことはよくわからないが、カカミが一番おすすめ、と言って持ってきた割には、見かけが普通すぎた。クリームもなく、素の形のまま出てきたようなただ茶色いだけの無愛想なケーキである。他にも可愛らしい砂糖菓子を盛り付けたケーキなど、たくさんあったはずなのになあ、とエルナは考えながらもさくさくとナイフで切り分け、半分をフェリオルの取り皿に差し出す。

「まあいいか」

と言ってフェリオルがぷすりとフォークを刺したので、慌ててエルナもケーキを口に含む。毒見のつもりならば、先に食べなければ意味がない。と、急いで食べてしまったことを、エルナはのちに後悔した。

無骨なケーキと思ったはずが、舌の上でとろりととろける。しっとりとした食感はケーキなのにまさに味は上質かつどっしりしたチョコレートで、お菓子に関してはまだまだ初心者であるエルナはただ混乱した。甘いはずなのにほんのりとした苦味があり、これは紅茶をセットで飲みたくなる。もちろん飲んだ。さっぱりとした甘さが美味しい。そしたら今度はケーキを食べたくなってくる。

幾度かの往復を繰り返したのち、エルナは自分でも知らぬうちにフォークを置いて、両手で口元を覆った。ふうー……と、長いため息をついて天井を見上げる。フェリオルの皿もほとんど空っぽになっており、エルナと同じような表情をしている。

「……美味かった」

「……うん」

「食べ物とは、見かけじゃないのだな……」

ぽつりと呟くフェリオルの言葉が、なんだか本質をついているような気がした。エルナはちょっと急いで食べすぎたなと反省して、今度はゆっくりフォークを動かす。もちろんハムスター精霊にもおすそ分けをし、頬袋はすっかり膨れ上がっている。

ハムスター精霊がふるふる、とこぼれんばかりな頬袋を満足げに両手で持ち上げ揺らしていた。

じっくりと味わうようにケーキを食べ終えたエルナは静かな余韻を噛みしめた。この気持ちを終わらせたくなくてなんとなくテーブルの上に視線を向けると、端に置かれた砂時計が気になってしまった。紅茶を蒸らす時間の目安のために使われるものだろうが今回は出番がなかった。クリーム色の細かい砂が入った、改めて見ると不思議な形をしたそれを、エルナはただじっと見つめた。

「どうかしたのか？」

「え？　ううん。砂時計があるなって」

それ以上でもなく、それ以下でもなく。ただそう思っただけだ。尋ねたフェリオルはよくわからないとばかりにつん、と口の先を尖らすような顔をしている。彼の皿の上もとっくに空っぽになってしまっているので、手持ち無沙汰なのかもしれない。

エルナは小さく苦笑して、それから砂時計をことりと逆さに置いた。

「なんでかわからないけど」

さらり、さらさらと細やかな砂が落ちて、流れていく。

「多分、ちょっと好き。流れてるなぁって思っちゃう」

「……じっと見ていたくはなるな」

エルナ自身も思うままに話してしまった言葉なのに、否定することなく受け入れる。これがフェリオルの優しさであり度量の広さなのかもしれないと、なんとなく感心してしまったとき、次に見た少年の顔は、まるで捨てられた子犬のように寂しげなものに変わっていた。

「フェリオルこそ、何かあった……？」

「いやその」

「うん」

「全部、食べてしまったなぁ、と」

「……うん」

もう一度フェリオルは自身の皿を確認していたが、残念なことに食べたケーキは何度見ても蘇《よみがえ》らない。

「……もう一つ、頼んでもいいかもしれない」

「えぇっと、美味しかったものね。でも私はいいかなぁ、どうしようかな」

お代わりって半分の大きさに切ってもらえるのかな、とまずは店員を呼んで確認しようと振り返ると、「どうしてだ？」とフェリオルは心底不思議そうな声でエルナに尋ねた。

「どうしてって？」

「美味くはなかったのか？」

「もちろん美味しかったよ。でも、美味しいものはちょっとで十分だから」

それはヴァイドの、前世の相棒の口癖だった。

エルナルフィアと少しでも長く、健康に生きようとしてくれた人の想《おも》いである。

結局、ヴァイドの行動が彼の寿命に直結したのか、そうでないのかはわからないけれど、エルナにとってなんとなくしっくりくる言葉だったから、今世でも大切にしている。

しかし誰かに主張したいわけでもなかったから、ただなんとなく呟いただけだ。けれどフェリオルはきょとんとしてエルナを見たかと思うと、すぐにきゅっと眉根を寄せて「ううん」と腕を組みながら唸《うな》っている。

「……フェリオル？」

「ならば、僕もやめておこう」

「えっ。ごめん、食べづらいこと言っちゃったかな。でもこれは私が勝手に言っているだけだから」

「いや」

違う、とフェリオルは小さくかぶりを振った。

「僕も、その言葉がなぜだか胸の内にしっくりきた。それだけのことだ」

少しだけ、どう返答すればいいのかわからなかった。けれど何を言う必要もないのだとわかったから、「そっか」とエルナは口元をそっとほころばせた。またそれ以上に、フェリオルはにこりと相好を崩した。が、しばらくすると困ったようにしゅんとしてしまっている。

「しかしだ。その、僕はこれを、すごく美味しいこのケーキを、ぜひとも兄上にも食していただきたいな、と……」

兄上、とはもちろんクロスのことだ。思わずエルナはテーブルに乗り出す勢いで前のめりとなって、大きく頷く。

「たしかに。これは絶対に食べてもらいたい」

「そうだよな！　うんうん。よし、追加の注文だ！　会計は僕が払うぞ！」

「持って帰ろう、そうしよう！　私だって払いたい！」

はいはい、と二人して跳ねるように手を必死に挙げて店員を読んだ。すっかりエルナたちの座席の係となったのだろう。カカミが桃色髪をぴょこぴょこと動かしながら呆《あき》れたような顔をしてやってくる。

「あのね、店員を呼びたいなら、そこのベルを鳴らすだけでいいのよ。さっきまで手伝ってくれてたんだから知ってるでしょ」

そして二人して赤面した。ちょっと一生懸命になりすぎていた。

「それで、どうしたの？　もしかしてケーキが美味しすぎて、感想を言いたくなっちゃった？」

「それももちろんあるぞ！　あ、あのだな。もし土産として包むことができるのなら、先程のケーキを一つ」

そのときである。「このやろう！」と店内に男の大声が響き渡ったのは。「ケーキを、一つ……」とフェリオルは言葉を繰り返しながら、自然と視線は声の主を追ってしまう。

どうやら店の入り口で揉めているらしく、エルナもそちらに目を向けた。見ると、驚くことに叫んでいるのは見覚えのある青年である。犬歯が目立つバンダナの男――つまりは一週間前に、エルナを誘拐した一味のリーダーだ。

正直少し面食らってしまったが、誘拐したと言っても未遂――いや、実際はまったく未遂ではないのだが、とりあえず頭を冷やすべしと牢屋《ろうや》に入れられはしたものの、すぐに釈放されたと聞いている。この場にいても、なんらおかしくはない。

「俺の方が、順番が先だったろうが！　抜け駆けすんな！」

「なんだ、大声を出したらなんとかなると思ってるのか！」

どうやら会計の順で揉めているらしく、バンダナの男は自分が先だったと主張しているようだ。店員もすっかり困り果てている。

「またあいつ……？」

カカミは重たいため息をつき、顔をしかめている。

「もしかして、カカミもあの人のことを知っているの？」

「知ってるっていうか、街で自警団ぶって面倒ばっかり引き起こしてるのよ。あそこで怒鳴ってるやつが多分リーダー。馬鹿なやつらを大勢引き連れて、今みたいに大きな声でいちゃもんばっかりつけてるからここら辺では煙たがられてる感じ」

「へぇ……」

「最近、街で見ない顔をよく見かけるから警備のためにってさらに調子に乗っていて」

そういえば、国を守るために騎士になりたい、と言っていたような。

本人たちの行動はともかく、自警団と名乗っているからには本心だったのだろう。とはいえ、これではただ揉め事を起こしているだけだ。フェリオルも不愉快さを抑えきれないとばかりに大声を出し続ける男を睨《にら》んでいるし、どうしたものかと視線で探る。あちらとしてもエルナの顔を忘れてはいないだろうから、下手にエルナが行っても逆効果だろう。

そう考えると店の手伝いをしているときに顔を合わせなかったのは運がよかった。まあさすがに注文を取りに行くタイミングがあれば、先にこちらが気づいて避けただろうが。

店に残っていた護衛役の騎士の一人と目が合い、互いに小さく頷く。すぐさま騎士は席を立った。入り口近くでいつまでも揉められてはこちらも困ってしまうために、迅速に対応してくれるだろう……とそのままエルナは興味を失うようにカカミへとケーキの注文をしようとメニュー表に目を向けた。

ところが事態はそこで収まりはしなかったのだ。

――からららん！

「すみませーん、一人なんですけど入れますか？」

ドアにつけられたカウベルが鳴ると同時に、見覚えのある男が店の中に顔を出す。銀の前髪の下ではにっこりと愛想よく笑みが弾けており、猫のしっぽのような長い後ろ毛がぴろぴろと揺れている。

もちろん、カイルである。

（なんでまた、カイルがこんなところに？）

エルナはちょっと呆気《あっけ》にとられて再び視線を移動させてしまう。

「このやろう！　馬鹿にするのもいい加減にしやがれ！」

何もかもがタイミングが悪かったとしか言いようがない。自称自警団のリーダーらしきバンダナの男は、とうとう握りしめた拳を突き出した、が。揉め合っていたというべきか、いちゃもんをつけられていたというべきか。相手の男は「わわっ」と悲鳴を上げながら意外なことに上手に避《よ》けた。

そもそもパンチに威力も、スピードもなかったのだろう。しかし繰り出した場所が悪かった。

「え？」

その先には、ぱちぱちと目を瞬かせるカイルの姿が。

あっ、と店の中でいくつもの声が重なった。おそらくその顛末《てんまつ》を見守っていた店のお客に店員、止めようとしていた騎士や、エルナ、もちろんフェリオル……そして拳を繰り出した張本人含めて、心の声が漏れ出てしまったのだろう。

次の瞬間、威力もなかったはずのパンチはなんとも上手にカイルの顎を捉えた。ぱっかん、と少し間抜けな効果音が聞こえてくるほどである。気の毒にもカイルはぱたりと倒れ、そのまま意識を失ってしまった。


「ん……？　あれ、ここはどこ？　なんで僕は、こんなところに？」

「ええっと、具合は大丈夫ですか？」

「え？　あぁ、なんだか顎が、痛いような……？」

「一応冷やしてはおいたんですが……」

ソファーに横になって眠っていたカイルは、うっすらと目をあけたが、いまだに少し寝ぼけ眼《まなこ》だ。

エルナはカイルの前に座りながら困惑気味に微笑んでしまう。

どこ、と聞かれればカカミの勤め先——つまり先程までいた甘味処の休憩室である。店主やカカミに怪我人《けがにん》が出たことを伝えて利用させてもらっているのだが、思わず質問に答える前にごまかしてしまった。なんせ彼は他国からの使者であり、この国の人間が下手に手出しをしていい存在ではない。ただの下町での揉め事が、国家間の問題に発展しかねない。

ちなみに王族であるフェリオルがいると事情がさらにややこしくなってしまうために、先に護衛とともに帰ってもらっている。お土産のチョコケーキを片手に、『本当に大丈夫か……？』と心配した様子で気遣わしげな瞳を向けられたが、とりあえずなるようにしかならない、と思うしかないだろう。

クロスには早々に報告するようにフェリオルには願っておいたが、多分今頃は頭を抱えているだろう。可哀想に。

しかしエルナも覚悟を決めるしかなかった。いつまでもごまかし続けられるわけもない。

「その……ついさっき店で揉め事が起きたんですが。本当に、ちょっとした喧嘩《けんか》がありまして。その際、たまたま、偶然、あなたが近くにいて流れ弾ならぬ流れ拳が、顎をかすってしまった次第でして」

……ちょっと強めに言い過ぎただろうか？　間違いなく事実なのだが、偶然にしておいてほしいという願望が表に出過ぎてしまったかもしれない。

「なるほど、そういえば……そんなことがあったような気がするねぇ……」

カイルもじわじわと覚醒してきたらしく、ソファーから体を起き上がらせた。エルナはカイルの前に座り込んでいるので、自然と見下される形になってしまう。

「あ。君、お城で見たメイドさんだ。歓迎パーティーのときに会ったよね」

やっぱり覚えられていたのか、とエルナはぎゅっと唇を噛んだ。前はなんとか逃げることができたが、今回はそうはいかなそうだ……とエルナはそのままちょこんと膝の上で両手を合わせて、緊張の面持ちでカイルと見つめ合った。すると唐突に、カイルはふはりと吹き出した。

「やだな、大丈夫。たしかにちょっと顎は痛いけど、わざとじゃないってことはちゃんとわかってるよ。むしろちゃんと避けることができなかった僕が悪いよ」

「そんなことは……。あの、使者様に手をかけた男はその場では取り逃がしましたが、すぐに捕まると思います」

「いいよういいよう。面倒じゃないそんなの」

そう言ってカイルはひらひらと長い袖を振っている。

以前にも思ったことだが、ふとエルナは不思議な気持ちになった。カイルヴィスによく似た青年が、よく似た仕草で笑っているのだ。外見が同じということは、こうまで奇妙に感じるのだろうか。カイルがクロスに謁見した際の口調よりも、ずっとフランクなものに変わっているということも理由の一つだろう。

そんなエルナの複雑な胸中には気づかず、カイルはうんうん、と一人で頷き言葉を続けた。

「うん。向こうだって当てるつもりはなかっただろうし」

カイルには当てるつもりはなくとも喧嘩相手に拳が出たことは事実なのだが……。しかし正直、エルナはほっとしてしまった。口先では「そうですか」と残念そうにしてみたが、ここでなし崩しになかったことにできるのなら一番ありがたい。犯人が確定してしまうと、同時に罪もはっきりさせねばならないわけで、被害者がマールズ国の使者というのは本当に冗談にもならない。

「……君、すごく顔に出るねぇ」

「………………」

口調では残念そうにしてみたものの、表情がまったくついていかなかったらしい。エルナは無言のままでぐい、ぐいと眉間を指で押した。「歓迎パーティーで会ったときも思ったけど」と、駄目押しの言葉である。そんな馬鹿な。

「……な、なんにせよ、お加減はいかがですか。目立つ傷はないようでしたから、落ち着く場所まで運び様子を拝見していましたが、よければ城から医師を呼んで参ります」

「いやいや、やめて、勘弁して！」

本当に大丈夫だし、とカイルは元気にぐるんぐるん、と腕を振り回している。言葉に嘘はないようだし、ふらふらとやってきた風の精霊に目配せすると、同じく元気、元気とぴょんぴょこ跳ねていた。

風の精霊は血や病の匂いに敏感だ。彼らが問題ないとするのならばとエルナも安心した。

「……あの、使者様。お詫《わ》びといってはなんですが、ケーキと紅茶の準備ができていますので」

「え？　そうなの？」

カイルはきょとんと瞬いたが、わざわざ甘味処に来たということはよっぽどの甘党なのだろう。そろそろ目覚める頃合いだろうとカカミにお願いしておいたのだ。

テーブルの上にはフェリオルとともに舌鼓を打ったチョコケーキと、冷えたフルーツティーが準備万端とばかりに置かれている。

「ご嗜好《しこう》がわからなかったので、他にご希望のものがありましたらもちろんご準備致します。甘いものでしたら、いくらでもお出しできます」

「甘いもの？　ああ、ありがと」

カイルがケーキに視線を落としたのは一瞬だけだった。「それよりもさ」とカップの中にフルーツティーをそそいでいたエルナに顔を向ける。

「前にも言ったけど、君と話したいというか、聞きたいことがあるんだけど……」

来た、と思った。

パーティーの際はハムスター精霊の力によりなんとか逃げ出すことができたが、さすがに今回はそうもいかない。以前のハムスター精霊からの報告を踏まえると、カイルは何かを探すために、ウィズレイン城の構造の把握に努めている。他国の使者の行動とするならばあまりにも物騒だとエルナはそっと目を細めた。

しかし問いかけられたところで答えることはできないとばっさりと返答すればいいだろう、とわずかな覚悟を持って、今度こそ素知らぬ声とともに動きを止めた。

カイルの目的がエルナルフィアを捜すことだとしても、まさか目の前のエルナがそうだとは想像もつかないに違いない。

「……なんでしょうか？」

「うん。あのさ、お城の——あっ、だめだ。これについては多分誰も教えてくれないんだよなぁ」

「…………」

「最近はメイドさんたちに避けられてるみたいだし……だからやることもないから、街を歩いてたんだ。でも丁度よかった。もう一つ、聞きたいことがあったんだよ」

メイドに避けられているというのはクロスがマールズ国の使者に必要以上には関わらないように、と通達を出したからだ。今度こそ何を言われるのか、とエルナは思わず唾を呑み込み、わかりやすいと言われた硬い表情のままカイルの言葉を待つしかない。

「君は、この国のことを――どう思う？」

「……え？」

「だからさ。この国、ウィズレイン王国のこと。どう思ってるの？」

カイルの問いかけは、エルナにとって予想外のものだった。

長い前髪の向こう側にある銀の瞳は、エルナの一挙一動を見逃すまいとばかりにじっとこちらを凝視している。

「どう思っている、というのは……？」

「その通りの意味だよ。好きか、嫌いか。……そっか、君は好きなんだね。じゃあなんで？　僕はこの国に来たのは初めてだ。でも、みんな明るいよね。楽しそうだ。僕の国とは大違いのように思う。何が違うんだろう」

まるでこちらの内側を覗いているかのように、カイルはすらすらと言葉をつなげ、次第にエルナ自身に対してではなく自問自答のように小さな声でぶつぶつと呟きながら何かを考えている。虚《うつ》ろな瞳はどこかを映すことなく、ただただ空っぽのまま天井を見上げている。

それは異様な光景だった。さすがのエルナもいつの間にか立ち上がり、カイルから半歩距離を置いて、いつでも逃げることができるように身構えてしまう。

ぴたりと、声が止まった。

「ああそうか、竜がいるから……？」

今度こそカイルには気づかれぬように、エルナは小さく唾を呑み込んだ。

まるで長い時間がたったように錯覚した。実際の時間とはまるで異なった空間にいるような、そんな気にさえなっていた。

「うん。マールズ国には、いないんだよ。間違いなく、竜はいない。ごめんねぇ、変なこと言っちゃった」

「い、いえ……」

先程までの空気が嘘のように四散して、カイルは悲しいとも、照れているともわからないような表情で苦笑している。

少し、それが恐ろしい。そう思う自分が不思議に感じるほど、先程までが嘘のように朗らかだ。

「それで、どう？　ねえ。君はどうして、この国のことが好きなの？」

そして幼い子どもがただ純粋に持った興味を問いかけるように、なんの混じりっけもない瞳でカイルはエルナにもう一度問いかけた。

結局、エルナはきちんとした返答をすることができなかった。

『どうして、なんでしょうか……』

思わず漏れ出た自分自身の声を思い出すと妙に情けなくて、恥ずかしい。

『そっか。わかんないのかぁ』

ただそれだけ言って、カイルは笑った。『僕はお城に戻るよ。今日のことは誰にも言わないから、安心して』とそれだけ告げて帰ってしまった。今は誰もいない部屋の中で、エルナは一人ぽつんと立ち尽くしている。ローテーブルの上には手つかずのケーキと紅茶が置かれたままになっていた。

「……この国は、ヴァイドが拓《ひら》いた国だから」

だから、愛している。

理由を言うのならば単純だ。でも、本当にそれだけなのだろうか。

王国の中で変わらず生きている、すべての人々がエルナにとっては愛《いと》しい。けれど、なぜ愛しいのか。そう問われたところでわからない。なぜなら、エルナは彼らのことを何も知らないから。

エルナルフィアとしての記憶が蘇る以前、エルナの世界はとても小さかった。その中でただ必死に生きていたから、周りに目を向けることなんかできるはずもなかった。

「……なのに、なんでかな」

どうしてこんなに、この国が愛しいのか。

「いやいやいやいや！　カイルの言葉で煙に巻かれている場合じゃない！」

からかわれたと思えばいいのか、いいようにあしらわれたと考えればいいのか。なんにせよ奇妙な相手だ。「わかんない人だな」と眉をひそめながら口元に手を当てて考えていると、エルナの頭からずぼっとハムスター精霊が飛び出した。

『あいつは！　怪しすぎるでごんすよ！』

「えっ。ずっとそこに隠れてたの？」

そしてまたずぼっと消えた。前々回のカイルとの会遇に対してよっぽどの恐怖を刻み込まれてしまったらしい……。

「この間は果敢に種を投げていたのに……」

『勇気は振り絞るものでごんす。しかしそれは今ではないでがんす！』

「何かとてもかっこいいことを言っているね。まあいいや。デザートはもう食べたけど、ひまわりの種も食べようよ。こないだ約束した分ね。お店でたくさん買ったから」

『ごんすぅー！』

「反応がすごく早くて嬉しいよ」

でも食べるのはお城に戻ってからね、と使わせてもらった部屋を片付けながら、今日の顚末を改めてクロスに伝えなければいけないな、とエルナは考えていた。でも最近はクロスに会えていない。またコモンワルド経由での伝言になるだろうか。

最後にクロスと会ったのは、パーティーで遠巻きに見たときだ。会ったというよりも、一方的に見ていただけといった方が正しい。いつになったらクロスに直接会うことができるのだろう、と少しだけ寂しくなってしまったのだが、すぐに恥ずかしくなってぶんぶんと勢いよく首を振ってしまう。『ハムじゅらぁー！』と、頭の上のハムスターは必死にエルナの髪にくっついていた。

「さ、寂しいだなんて、そんな。そんな場合じゃ、まったくないし、そんなこと、思ってすらないし」

言い訳をするようにぶつぶつ話しても、もちろんなんの意味もないけれど。

「そんなわけ、ないし！」

誰に見せるわけでもなく、ケーキの皿を持ち上げながら、つんっとエルナはそっぽを向いた。けれどもその夜のこと。

すぐに信じられないような驚きが、向こうからやってきてしまった。


夜半。こんこん、と何かが窓を叩くような、小さな音が響いた。

ベッドに潜り込もうとしていたエルナは寝巻きのままに立ち上がり、風の音だろうかと首を傾げた。けれど——こんこん。

やっぱり間違いない。音の出処であろう窓を確認したとき、ぬっと伸びるような大きな黒い影にぎょっとした後、エルナは大きな目をさらに大きくさせて瞬いてしまう。

「……え、まさか、クロス？」

「あけてくれるか」

窓越しのくぐもった声を聞いて慌てて鍵と窓をあけると、クロスはひらりと部屋の中に着地した。

「意外に手間取らんな」

そう言って、はたはたと自分の体についた埃を叩いている姿を見て、エルナは一瞬目眩《めまい》がした。

自分の部屋に、クロスが。一国の王が、すっくりとその場に立っている。

もう何かの冗談としか思えない光景だった。

「ど、どど、どうやってここに？」

「ん？　屋根をこう、ぴょこぴょこ跳んでだな。うん、これならいつでも来られそうだ」

「な、ななな、な、なんということを……！」

私じゃないんだから、と言いそうになった台詞《せりふ》はなんとか呑み込み、「危ないでしょ！　信じ、られ！……ない……」と最後にどんどん声が小さくなってしまったのは、ノマの気持ちが、段々わかってきたからである。過去には屋根どころか、城の窓から飛び降りたことがあるエルナである。

「ケーキの礼をしに来た。昼間のことはフェリオルから聞いている。弟が世話になったな」

「え？」

「美味かったぞ」

カカミに注文したチョコケーキのことだ。エルナはぱっと表情を明るくして、「でしょう！」と声を弾ませてしまう。そうした後で自分の様子に思い至って照れ隠しのように口をすぼめてそっぽを向く。

「ふうん。それだけのために、わざわざ？」

労力に見合ってないんじゃないかしら、と腕を組みながら思わず付け足してしまった台詞は、言いたくて言ったわけではない。自分自身に呆れて唇を噛みしめた。

「うむ。しばらく会っていないからな。エルナに会いたくなったから来てしまっただけだ」

しかし一瞬にして、今度は別の意味でぐうっと唇を噛んでしまう。あっさりと言うのはやめてほしい。恥ずかしさに口元がぴくぴくしてしまう。

「エルナ？」

「………………」

「エルナ」

「なあに」

「寝巻きのお前も可愛らしいな」

「ばっ、馬鹿じゃないかな!?」

どちらかといえば服装には頓着しないエルナでさえも、さすがにこの言葉には赤面するしかない。

あとはもうベッドに潜り込むだけのつもりだったから、メイドのお仕着せではなくシンプルな半袖のワンピースを着ているだけだ。

わたわたと現在の自分を確認した後、心持ち寂しい腕をこすりながら睨むように見上げると、クロスはからからと笑っていた。

「よし。やっとこっちを見たな」

「……もしかしておちょくってる？」

「そんなわけがないだろう。俺はいつもお前には本当のことしか言わん」

堂々としすぎていて、逆にこれ以上は閉口してしまう。

「まあ、ごまかすことくらいはもちろんあるがな」

「クロスって、なんでそんなにいつも堂々としているの……？」

「まあ座れ座れ。さっきまでが本題で、ここからがただの余談だ」

「ここは私の部屋でそこは私のベッドだよ。そして前にも言ったかもしれないけど、普通は逆なんだよ、逆だからね」

もはや部屋の主《あるじ》が逆転しているような立場で、クロスはエルナのベッドに座りばすばすと隣を叩いている。国王であるクロスは城主でもあるので、大きな枠で捉えるとエルナの部屋もクロスの所有物なのだが、そういう問題ではないような。

まあいいか……と、エルナはぽすりとクロスの隣に座った。クロスの余談が重要な案件であることはままあるので、集中は切らさないようにする。

すでにランプの火は消していたから、部屋の中は星明かりのみが照らしていた。すう、とクロスが息を吸い込み、足を組んだ動きが気配で伝わる。

「……ヴィドラスト山へと調査に赴いた部隊から連絡があった。マールズ国とウィズレイン王国の国境には、間違いなく鉱山がある」

「カイルは、本当のことを言っていたということ？」

「少なくとも表向きはそうだろうな。裏の事情があるかどうかは、正直わからん。あの使者が信用に足り得る人物であるのかの判断をする、残りの一歩が足りん」

「残りの一歩が……」

複雑な胸中のまま、視線を揺らすようにため息をついた。

「どうした」

　すると、聞こえてきたのはしんと胸に響く声だ。暗い部屋の中であろうと、すぐ隣にいるのだからクロスの表情はよくわかる。優しげな金の瞳が、空からこぼれた星屑《ほしくず》のようにこちらを見ている。

　エルナはしばらくクロスと見つめ合い、「暗いね。ランプ、つけようか」と慌てて立ち上がろうとしたが、すぐにクロスに腕を引かれてまた同じようにベッドの上のシーツにすとりと腰を落としてしまう。

「大丈夫だ。それより……何か言いたいことでもあるのか？」

　ごつごつとした大きな手に腕を掴まれたまま問いかけられると、触られている部分がどうにも熱くて、そこからじわじわと熱が広がっていくようだ。やっぱりランプをつけなくてよかった、とエルナはほっとした。きっと見られた顔をしていない。

　顔を伏せたところで赤く染まった首筋はクロスの目には一目瞭然だろうが、放してほしいと嘘でも言うことができなくて、エルナは抑えきれない心臓の音を必死に聞こえないふりをした。

「今日、カイルに会って、不思議な質問をされて……」

　そしてぽつり、ぽつりと自身の胸中を伝えた。

　すでにコモンワルドを通じて伝えている内容ではあったが、やはり自分の言葉で直接説明するとなると、伝わるものも変わってくる……はずだ。実際、そうだったかはわからないけれど、クロスはエルナの言葉の一つひとつに、小さな相槌《あいづち》を打ってくれた。

「それで、エルナはどう思ったんだ？」

まるで鏡を相手にしているみたいな気分だ。隣にいるのはクロスではなく、もう一人のエルナがいて、問いかけている。そんなわけがないけれど、クロスは必要以上に言葉を重ねず、じっと待った。だからエルナはゆっくりと感情を紐解いていく。

自分の心を覗くことは、まだ少し、苦手だ。

「カイルヴィスだと思った」

声に出した後であまりの馬鹿馬鹿しさに笑いそうになってしまった。エルナが話しているのは、あのマールズ国の使者がカイルヴィスの記憶を持っているからとか、生まれ変わりだとか、そんなことではなく、本当にカイルヴィスだと思ったのだ。

それはカイルの質問に答えられなかったことよりも、エルナの胸の奥にずっと重たい感情をのせた。二度、カイルと話して自身の気持ちを確信してしまった。

「違うよ、絶対に違う。そんなことあるわけない。わかってる。わかってるけど、心がついていかない。前世と今は別だとわかっているはずなのに、やっぱり本当は全然わかっていなかった」

「あの見かけだ。仕方がない、そんなものだろう」

「仕方がなくなんてないよ、カイルヴィスは死んだんだよ、もういないんだよ。あの使者は、カイルは、代わりなんかじゃないのに」

自分自身に、何度だって言い聞かせる。エルナだって、エルナルフィアではない。クロスも、ヴァイドだって。

「今を生きる、ただ一人の人間なのに……」

薄暗い室内で、顔を伏せた。どうしても、エルナは彼を前世の人間と同一視して見てしまう。そのことがただただ悲しくて——悔しい。

それ以上、エルナは何も言えなくなってしまって、互いの静かな呼吸ばかりが聞こえた。

夜の城はしんとして少し寂しい。

「正しいとは言わない」

ぽつりと、クロスが呟いた。

「けれども、俺は、お前が少し羨ましい」

何を言っているんだろう、と眉をひそめながらエルナは顔を上げた。エルナを慰めるために適当なことを言っているのだろうか？　いや、違う。クロスは、ごまかすことはあっても、エルナに嘘はつかない。

「俺は、逆だよ。自身の国を優先するあまりに、あの男の見かけよりも、中身よりも、相手の立場にばかり目がいってしまう。俺は、逆に相手を見ていないようなものだ」

珍しくもクロスの気弱な言葉に、エルナは驚き瞬くことしかできなかった。いつの間にか、クロスがエルナを摑んでいた腕は、エルナの手の上に重なっていた。

「信じる、信じないの話など、本来はシンプルなはずなんだがな」

見上げたクロスの横顔と、その声色だけでは彼の心根を推し量ることはできない。けれど、穏やかな声色と相反して強く握りしめられた手のひらとその熱が、すべてを語っているような気もした。

「チョコケーキの味は、食べてみないとわからない……」

「……ん？」

「見かけだけじゃわからないなら、食べるしかないってことよ。ねえクロス。私、カイルにチョコケーキを食べさせてみようと思う！」

「ああ、土産にもらったケーキだな」

美味かったものな、とエルナの話はまったく理解していないようだが、おっとりと頷いている。

「あの、えっと、だから、なんていうか……私」

今更決意の表明をするのは、なんだか恥ずかしくなってきた。なんてったって、こっちは齢《よわい》数千年――いや、それはエルナルフィアの記憶だ。今のエルナはただの十六の小娘であり、失敗など、これからいくらでもするに違いない。だから、勢いよく立ち上がった。そしてくるりと振り返るようにクロスの前に立ってみせ、胸に手のひらを当てる。

「ちゃんと、前を向いてみようと思う！」

そのとき勢いよく風が吹き乱れたのは、きっと窓をきちんと閉めていなかったせいだ。

強い風がカーテンを翻し、エルナのアプリコット色の髪が月明かりの中できらめいた。クロスはわずかに目を大きくさせたが、すぐに驚きの表情を消して、穏やかに微笑む。

「ん。そうか」

「……いや、でも。うんその、やっぱりその」

「いきなり弱気になってどうした」

緩やかに風が収まり、膨らんでいたエルナのワンピースの裾が静かにひらめき終わった頃には、エルナは額に指を置いて難しく表情を歪《ゆが》めている。

「カイルに食べさせるとは言ったものの、私の立場は一介のメイドなわけで……。一人じゃどうにもならないところが多いから、色んな人……というか、クロスも含めて力を貸してもらう必要があるんだけど」

「いいぞ、構わん」

「返答が早すぎる……！　むしろもうちょっと概要を聞いてから判断してほしかった……！」

「もちろん無理なことは無理と伝える。詳しく話も聞くぞ。できないことはできんと伝える。ただ基本的にはお前の考えを尊重したい」

信じると言っただろう、とクロスが話しているのは、きっと馬車でした会話の続きだ。

「俺は、お前を止めるよりも、背中を押す立場でありたい」

そう話しているのは、王としてではなくクロス本人の声だ。もちろん王としてのクロスがそれは無理だと判断することもあるだろう。でも、彼自身の気持ちとしてまずは伝えてくれた言葉がとにかく嬉しかった。同時に、やはり不安も膨らんでくる。信頼と不安はいつだって背中合わせだ。

「ありがとう、でも……」

「そう考え込むな。それ、どっこいしょ」

「なんでこうなる!?」

お馴染《なじ》みの馬鹿力で、クロスはエルナの腰に手を当てあっさりと持ち上げた。

さすがにじたばた暴れてクロスの腕から抜け出し、「なんでこうなる……？」と思わず逃げるように距離をあけて二度目の台詞を呟く。ちょっと流れの意味がわからない。

「いやほらな。空でもひょいと飛べば、元気にならんものかと」

「なるわけないでしょ！　そもそも空なんて飛んでないし！　ひょいっと持ち上げただけだし！　荷物じゃないから！」

「荷物ではなく、俺の可愛い嫁であることは知ってるんだがな。だはは」

たまにこうしてクロスは大口をあけて、王様らしくない笑い方をする。でも結構、エルナはクロスのこの笑い方が好きだ。

「まったく……もう持ち上げるのはやめてよね。すごくびっくりするから心臓に悪いのよ」

「そうか……残念だ。それならば、愛しい嫁らしく扱うか」

瞬間、嫁じゃない！　と主張しそうになって、いや嫁になるんだった……と気づいてエルナは赤面した。その一瞬の判断の遅れの間に、クロスはエルナと距離を詰めて、エルナの片手を引っ張る。

「え」

そして、くるり、くるりと視界が回った。

「え、えええ!?」

なんと、エルナは踊っていた。クロスがエルナの手を引いたと思ったら、いつの間にか反対の手はクロスの肩に乗っている。自分の意思とは関係なく、勝手に体が動いてしまう。つまり、文字通りクロスに踊らされているのだ。

「なんっ、なん、なんで」

「知っているか？　ダンスが上手《うま》い人間は、下手な人間でも上手く見せることができる」

「たしかに下手だけど、というか踊り方なんて知らないけどっ！」

「俺の嫁となるからには、踊りの一つでも覚えてもらわなければな。というかエルナ、大声を出しすぎだ。外に聞こえる」

注意されて慌てて口をつぐんでしまったが、多分おちょくられている。その証拠にクロスは口元の笑みを隠しきれていない。

（でも、まあ）

いっか。と思ってしまったのは、クロスがとても楽しそうに見えたからだ。クロスが楽しければ、エルナも楽しい。もちろん、その反対だって。

ぽろぽろと、星明かりがこぼれた。

小さな窓からこぼれるような月と星の明かりだけがエルナたちを映していた。静かな夜の中で、くるくると動く度にワンピースの裾がふわりと舞う。

まるで夜空の中で踊っているみたいだ。

回る度に小さな月が見え隠れして、クロスの金の髪が星のようにきらめいていた。

パーティーで貴族たちのダンスを目にしたとき、どれほど美しいシャンデリアの光の下であったとしても色褪《いろあ》せて見えたはずなのに、小さなランプで照らされた狭い部屋が不思議と輝いて見える。

少しずつ世界が鮮やかに変わっていったとき、いつしか、長い二つの影がゆっくりと動きを止めた。

エルナは、肩で小さく息を繰り返した。クロスの両手が、エルナの肩にかかっている。

ゆっくりと、互いの距離が近づき重なる。そのときだ。

「……これは一体」

「ご、ごめん。思わず」

エルナは勢いよくクロスの顎を押さえていた。クロスの首は、なんとも痛そうな角度でのけぞっている。

「な、なんでかな……。なんでなのかな……。空気じゃなかったかな……？」

「いや存分にそういった空気だったと俺は感じていたんだが」

「この間、しすぎたかな!?」

「日数で割れば確実に平均以下ではないか……？」

もう何も言うまい、とエルナはしっかと口を閉じた。すっかり首を痛めてしまったらしいクロスはこきこきと首を動かし、曖昧な表情をしながら「まあいいが、次は抵抗するなよ」と呟いて、それで話は終わった。いつの間にかエルナの部屋は、もとのエルナの部屋に変わっている。それでも小さなきらめきが、流れ着いた砂粒のように輝いているような気がした。

ここでエルナは、今更ながらにランプに火を灯《とも》した。砂粒は、ぱっと四散して消えていく。夢のような時間はもう終わりだ。

今からは、現実の話をする。

「……それで、俺にしてほしいこととはなんだ？」

クロスもそれをわかっている。ランプの中の小さな火が、赤々と彼を照らした。

あのね、とエルナは伝えた。それからクロスは少しだけ驚いたような様子に見えたけれど、なるほどな、と頷き、それなら大丈夫だと返事をしてくれた。


さて、明日から忙しくなるぞとエルナはぐんと伸びをする。

すでにクロスは部屋にはいない。出るときも窓から出ていこうとしていたので、さすがに勘弁してと無理やりドアから帰らせた。「人目を気にして戻らなければならないのが面倒だ」とクロスはぶつくさ言っていたが、「そんなの屋根の上を歩いていても同じでしょ」と突っぱねた。クロスの心に届いていることを祈っている。

就寝する予定よりも随分時間を使ってしまった。さっさとベッドの中に入らなければならない、のだが。

「……もう一つ、確認すべきことがあるのよね」

クロスが去ったドアを見つめていたエルナだが、ぎゅんっと目の端だけを素早く動かす。

ベッドのそばに設置していたサイドチェストの上で、茶色い小さな何かがもふもふっと忙《せわ》しなく移動したが、それを見逃すわけがない。

『ごんすや、ごんすや、ごんすや……』

嘘くさい寝言を言いながら自前の寝床の中に潜り込みお尻だけ出しているのは、もちろんハムスター精霊である。

エルナはそろりとハムスター精霊に近づいた。

「……ねぇ、見てた？」

具体的にいうと、クロスにキスされそうになったりとか、なったりとか。

ぶぶぶぶ、とハムスター精霊の短いしっぽが激しく震えた。

エルナはそのしっぽを無言で見下ろした。

『ぢっ!?』

自分自身でも気づいてしまったのだろうか。出ていたお尻ごとひゅんっと寝床にすっこみ、ごそごそと布の中で小さな塊が動いているのがわかる。しばらくすると奇妙な動きはぴたりと止まる。

『す……』

なんだ、言いたいことがあるのなら言ってみなさい、とばかりにエルナは無言で待った。

『すりーぴんぐ、ハムでごんすよ？　すやり、すやり』

「明らかなたぬき寝入り……いやハム寝入り……！」

『すやハムでがんすので、つぶらなお目々は何も見ることはなく…すややや』

「気を使わせてごめんね！　クロスったらいきなりやって来たものね!?」

いつもはいそいそ隠れているのだが、今回ばかりは間に合わなかったらしい。正直エルナもこの同居人がいることをすっかり忘れてしまっていた。

「次から気をつけるから……！」

と、エルナはハムスター精霊に必死で謝罪をして、夏に近づく夜が、少しずつ更けていく。

＊＊＊

同じ時刻、クロスは一人ため息をついて夜の庭を見つめていた。そこは普段、エルナが丹念に掃除をしている回廊だ。エルナの部屋から出る際には誰にも見られることなくここまで来たのだからもういいだろう、と白銅色のアーチにもたれながら、二度目のため息をつく。

じわじわと暑さが近づいてきたとはいえ、夜はまだ涼しい。ざわりと風が一吹きするごとに木々を優しくなでて、クロスの前髪をほんの少しばかりかきあげるようにして消えていく。そうすると普段エルナに見せることのないような、表情を削《そ》ぎ落とした冷たいほどに整った容貌がよく見える。

「もっと、俺に力があればな……」

弱音など、吐けるはずもない。クロスが心情を吐露するのは、こうして一人きりのときだけだ。クロスの周囲には精霊たちがひっそりとやってきて、不安そうに、ときには慰めるように集まっていたが、精霊を見る目がない彼は、そんなことに気づきはしない。

薄暗い夜にただの一人きり。そんな気持ちで、ただ重たい息を吐き出し空を見上げた。

今すぐに、会いたい。

「何を馬鹿な。会ったばかりだろうが」

自身の感情に嫌気がさすとばかりにクロスは顔をしかめた。エルナといると、自然と気持ちが明るくなる。けれどもそれは一瞬で、底が抜けた袋のように膨らむことなく、離れてしまうとすぐさま胸の内には不安が渦巻く。

自身の判断一つが、国を揺るがすのだ。

あまりにも、重い。

(果たしてその判断でさえも、俺は正しく、俺自身の考えとして結論づけているのだろうか……?)

過去の王の声が聞こえる。それは恐れることを知らぬ英雄の声だ。

——さあ、何を怯《おび》えることがある。この国はすべて、すべてが俺のものだ。なぜ他国に脅かされる必要がある。マールズも、帝国も、そのすべてを、手中に収めればいい。ただそれだけのことではないか!

(黙れ……)

違う。ヴァイドは、こんな男ではなかった。わかっている。だというのに、入り交じる過去の記憶と、その幻影に惑わされている。

この国は俺のものだ。それを、どう扱っても文句はあるまい。

湧き上がるような恐ろしい感情を、クロスはすぐさま否定した。嘘だ。違う、これは過去の記憶だ。こんなことを、思うわけがない。しかしだ。本当に、小指の先程も考えてはいないと誓って胸をはることができるだろうか?

わからない、とそこで思考を止める度に、自身はこの国から消え去るべきではないかと感じた。

幼い頃から繰り返した問答だった。けれどもいつの日からか、こんな日には一つの声が聞こえてくる。

――あなたはただ、努力しろ！　愚王ではなく賢王として、この小さく、危うい国を守るように努力をし続けろ！

泥の中のように薄汚れていた視界が、いつの間にか静かな夜の瞬きに変わっていた。りんりん、じりじり……。虫の鳴き声がときおり聞こえ、風の中に消えていく。

エルナは、知らない。クロスにとってあの言葉がどのようなものであったのか。この重たく薄暗い世界を、明るく変化させたのか。

もう一人、クロスには彼の人生を大きく変化させた女がいる。

それはエルナとは似ても似つかないような、頑強な体軀《たいく》と心を持つ女だった。クロスと鏡合わせのような姿を持つ彼女は、彼と血のつながった実の姉だ。父と母が相次いで早世し、形ばかりの王となったクロスとこの国を守るために姉は他国に嫁ぎ、助力を得る足がかりとなった。

そのことを、人身御供《ひとみごくう》ではなかったと否定できる人間はいったいどれほどいるのだろう。幼いフェリオルが姉の顔を覚えてはいないほどの過去の出来事であり、クロスは今よりさらに力がなく、止める術《すべ》などどこにもなかった。

言い訳はいくらでも重ねることができる。そうするしかなかったと、目をそらすことも。

まだまだ少年であったクロスは、姉が嫁ぎ国から去るその日、彼女の目を見ることができなかった。ところが、姉はぐいとクロスの頬を力強く摑んだ。

『私には、それが何かわからないけれど』

姉は、クロスとそっくり同じような外見だった。けれども瞳ばかりは母と同じ、深い緑の色をしていた。

『クロス。あなたが王という立場以外の、重たい何かを背負っているということはわかる』

過去の記憶のことは、誰にも話したことはない。当時は、自身が持つヴァイドの記憶はただの妄想か何かかもしれないと、異端とされる恐怖を感じていた。逃げ出そうと一歩引いたが、姉はそれを許さなかった。

『そのことを問いただしたいわけではないわ。私ではなかったけれど、フェリオルでも、コモンワルドでもいい。あなたの苦しみを分かち合うことができる伴侶や友人といつの日か出会うでしょう』

頬が赤くなるほどの強い力で掴まれながら、ぴくりとも動くことすら許されず、ただ己と同じ顔の女と見つめ合った。森のような深い緑の瞳は、不思議なことに激しく、燃え上がっているようにも見えた。

『いい？　私はただ人質とされるために国の外に行くのではないわ。愛されるために旅立つの。必ず、王である夫の愛を摑んでみせるわ。たとえその望みが叶わなかったとしても、それは私の努力が不足していただけ。決して、私をあなたの重荷の一つにしないでちょうだい』

不愉快だわ、と姉は苛立つように吐き捨てた。

クロスの重荷となることを望まない優しい姉の言葉ではなく、戦場に臨む騎士が、自身の誇りを守るために告げた言葉のような。

あの言葉がなければ、クロスは早々に王の立場から逃げ出してしまっていたかもしれない。せめて後人を育てるまでと歯を食いしばることができた。しかしその気持ちでさえもエルナに見透かされ、今となっては身を粉にしてでもこの国に尽くし続けることを心に決めたのだが。

件《くだん》の姉と嫁ぎ先の王は、今となってはおしどり夫婦と呼ばれるほどだそうで仲の良い噂話を耳にする。姉は、その力強い自身の手で見事に結果を掴んだのだ。

「そうだな。努力し続ければ、いつかは前も見えてくるだろう」

涼やかな風がクロスの頰をなでた。濃い緑の香りが、すうっと漂う。深く息を吸い込み、柔らかく吐き出したとき、空に小さな白い粒が見えた。それはぐんぐんと大きくなり、かすかな羽ばたきの音を夜のしじまに響かせた。一羽の、白い鳩《はと》だ。

はたりはたりと浮き沈みを繰り返し、クロスの指の先で鳩はゆっくりと羽を休めた。

ただ一瞬、クロスが長いまつ毛とともに瞬くと、鳩の姿はもうない。代わりにあるのは一通の手紙だ。手紙の主は、もちろん一人しかいない。中を見てみると、相変わらずエルナが見れば勘違いしてしまうような、困った文言が並んでいる。

あの姉がこの文面を考えていると思うと奇妙な気分になってくるが、おそらくいたずら好きの血が自分にも彼女にも流れているのだろう。しかし次こそはやめてもらうように苦言を呈しておこうとクロスは誓った。

一見ふざけたような文面だが、ある一定のルールに沿って読むと別の文面を読み取ることができる。確認するごとに、クロスはひどく難しげに顔を歪めた。

「帝国が、動き始めたか……」

手紙を持つ手に、自然と力が入っていく。クロスは深く息を吸い込み、するりと金の双眸《そうぼう》を細める。

「あくまでも、まだ可能性の域だろうが……いつでも動くことができるように、こちらも準備をしておく必要があるな」

すぐさま冷静に事態を受け止め、前を向く。そして姉への返信をしたためるために、急ぎ踵《かかと》を打ち鳴らすように夜の城を進み、そして、姿を消した。

第四章　光と闇

「エルナ！　テーブルはこっちの場所でいいのか？」

「そんなとこ日当たりが良すぎでしょ、ちょっとは考えなさいな！」

「頑張って考えた結果、ぽかぽかがいいと思ったんだよ！」

「ぽかぽかどころか、アチアチになったらどーすんのよ！」

「ジピーもノマも落ち着いてね」

お互いに吠《ほ》え合うように叫ぶメイドと兵士の二人は本当にいつものことである。とはいえ、時間も限られているから……とエルナはにっこりとその場を制した。

「でもたしかにテーブルはもうちょっと日陰の方がいいかな。今日はいい天気だから」

「たしかにそうだな、移動すっか！」

「しょうがないわね手伝うわよ！」

「お前の細腕なんていらねぇよぉ！」

「ばっかね、私の力強さを知らないっての!?　風邪を引いて何もできなかった挽回《ばんかい》をしたいのよぉ！」

「ならしゃーねぇ、二人で持つぞ！」

と、仲良く言い合いながらテーブルを移動している。微笑《ほほえ》ましいことこの上ない。

「えーっと、場所は大丈夫、警備はクロスにお願いしてるし……あとは」

「エルナ！　お食事なんだけど、最初の品も後の品もなるべく冷えていた方がいいものが多いわよねぇ？　それならスムーズに移動できるように厨房《ちゅうぼう》に声をかけてくるわ」

「準備が終わったのならコモンワルド様に伝えて来ましょうか」

「じゃあ私は全部の最終確認」

「みんなありがとう。お願いしてもいい？」

返答すると、三人のメイドたちは、『おまかせくださいな！』とぴったり声とポーズをそろえて返答したので、エルナは予定が書かれた紙を両手で持ちながら、ぱちぱちと瞬いてしまった。その後で、ちょっとだけ苦笑した。三人ともエルナの同僚なのだが、最近はよくよく世話になっている。血はつながっていないのにそんなことも忘れるほどに仲がいいので、彼女たちは三人姉妹と呼ばれているらしい。なんとなく、言いたくなる気持ちもわかる。

「うん、カカミにも改めて協力してもらえたし……厨房の人たちにも」

失敗したらと思うと不安に感じるばかりだが、動く前に不安がっていても仕方ない。たくさんの人に手伝ってもらい、なんとか形にできたのだから。エルナの頭の上ではえいやほ、えいやほとハムスター精霊が踊りながら応援してくれている。

折よく天気にも恵まれ、精霊たちも草木の中を駆け回り喜びが溢《あふ》れていた。

「エルナ、ここでいい？　席は三つ分だったわよね」

「うん。クロ……ヴァイド様と、フェリオル様。それから、カイル様も」

最後の名前は、少しだけ緊張してしまい、硬い声が出てしまった。エルナはどきりとしてきゅっと唾を呑《の》み込んだが、ノマが気づいた様子はない。

「本当に、皆様いらっしゃるの？」

それよりも、ノマはさっきのエルナよりもずっと不安そうに用意された三つの席を見つめている。

「大丈夫よ」と、これについてははっきりと声が出た。だって、クロスが約束してくれた。

「マールズ国と、ウィズレイン王国。二つの国の、青空の下での食事会。そして二度目の歓迎パーティー。絶対に成功させてみせるから！」

フェリオルはまるで警戒心をむき出しにする猫のように毛を逆立て、じっとカイルを睨《にら》んでいる。それに対してカイルは困ったように笑っていて、互いに顔を見合わせる形となる丸テーブルでのほとんど正面に座っているクロスは素知らぬふりだ。

ぽかぽかの暖かな日差しを浴びながら、冷え冷えとしたこの空気。もしやこの組み合わせ、相性が悪いのでは……？　とエルナが気づいたのは、呼ばれた三人が席についてからのことだった。設置を手伝ってくれたノマや同僚のメイドたち、ジピーはすでに遠巻きにこちらを見つめていて、何かあれば手伝いをしてくれることになっているが、ちょっとそわそわしている感じがする。いや、そわそわというよりも、不安そうな瞳というか、それみたことか、という顔のような……。

いやいや、とエルナは首を振った。そんな弱気でどうするのか。顔を上げると、ぱちりとクロスと視線がかち合った。腕を組んだままこちらを見つめる彼は、ほんの少しの間の後で、にやり、と口の端を上げている。なんだか挑戦的だ。

エルナはむうっと少しだけ頬を膨らませた。

先程自身で口に出した通り、カイルの歓迎パーティーはこれで二回目となる。

一度目は豪勢な歓迎パーティー。そして二度目の今回は、参加者はたったの三人だけ。

規模の小ささでいえば、圧倒的だ。それでも、しなければならない、いや、そうすべき理由があった。

――やってやろうじゃないの。

豪華とは程遠くなってしまうとわかっていながら、この場を設けるように頼んだのはエルナだ。始まる前から逃げるわけにはいかない。

「うん。カイル殿。昼をご一緒するというこちら側の提案を快くご承諾いただいたことに、まずは礼を言おう」

「いいえ、私の方こそお礼を申し上げます。せっかくの機会です。ぜひ、クロスガルド王、またフェリオル殿下とも交流を深めさせていただければと思います」

「……僕も、この場に居合わせることができ、光栄です」

カイルと食事会を、とクロスに頼んだのはエルナだが、まさか一介のメイドが言い出したとエルナが主催するわけにもいかず、表向きはクロスからの提案ということになっている。フェリオルもカイルのことを怪しい他国からの使者であるという認識は拭えず警戒心は消えていないが、なんとか言葉を絞り出していた。

「フェリオル殿下とはパーティーの際にご挨拶ができませんでしたから、こうして近くでお会いすることができ、とても嬉《うれ》しいです」

「は、はあ……こちらこそ……」

カイルは愛想よく声をかけているが、実際はつい最近、二人がとても近くにいる事件があったのだが。そのことを思い出してか、フェリオルはちょっと顔は引きつりながら、発言を必死に選んでくれている。とてもありがたい。

王族と使者の会話を妨げるわけにはいかないので、エルナは給仕役として手のひらをエプロンスカートの前で合わせて顔を伏せ、じっと口を閉ざして待った。

すると、「やっぱりあのときのメイドさんだ。この間はどうも」とカイルに小さく声をかけられたので驚き顔を上げると、カイルはにこりと微笑み、わずかに首を傾《かし》げていた。さらりと長い前髪が流れている。

エルナは無言のまま、返事の代わりにそっと頭を下げた。すかさずクロスが問いかける。

「カイル殿。この間……とは？」

「ああ、彼女に少し街でお世話になっただけですよ」

「そうであったか。こちらにいる間は、ぜひともこの国を満喫してもらいたいものだ」

「ありがとうございます。しかしすでにとても楽しく過ごさせていただいています」

エルナとカイルの出会いはクロスには報告していない……という体《てい》になっているため、わざとらしいがこういった会話も必要なのだ。

顔を伏せつつちらりと目だけで窺《うかが》ってみたが、フェリオルがさらに訝《いぶか》しげな顔をしてカイルの顔を穴があきそうなほどにじいっと見つめている。フェリオルに、どうか頑張ってほしいとエルナは静かに念を送った。

そうこうしている間に会話は落ち着き、食事の準備に取り掛かった。

「以前は室内での立食パーティーだったが、今日は外で食べるならではの趣向を、ぜひとも味わってくれ」

と、クロスはカイルに笑いかけ、カイルも「もちろんですとも」と爽やかに答える。なんとも作り物めいた笑みである。エルナのポケットの中では、ぶるんっとハムスター精霊が震えている。

まず一品目はトマトとチーズのカプレーゼだ。トマトはそのまま出してもよかったが、じゅわっと焼き目をつけることで甘みが増し、間に挟んだ冷えたフレッシュチーズがしっかりと味を引き締める。バジルの彩りが爽やかで、かけられたオリーブオイルのとろみがなんともいえない調和を成している。あっさりと食べることができる前菜である。

二品目は冷たいコーンスープだ。ただのコーンスープと思うなかれ。生クリームと牛乳を絶妙な配分で混ぜ合わせ驚くほどクリーミーな味わいとなっており、ぷつぷつのコーンの粒と、ぱりぱりのクルトンが交互に食感を楽しませてくれる。暑い日差しの中でのスープは、みんな食が進んでいる様子でほっとした。

次は魚料理だ。水が苦手であり、川とも海ともあまり縁がなかったエルナは魚のことはあまり知らなかったのだが、王都では精霊術、また流通の発達により魚料理は一般的なものらしい。カイルたちの前に出された料理は、まるまるした大きな魚だ。低温の油でじっくりと揚げることで鱗《うろこ》まで食べることができるらしく、さっくりとした食感にこれにはカイルも驚き、「前回の立食式で出たものとはまた違いますね」と感想を述べ、クロスたちにも好評なようだ。

食事については厨房で働く料理人たちが、他国の客を相手にどう喜ばせたらいいのだろうかと頭をひねって考えてくれた。立食式だとどうしても片手で食べられるものばかりになってしまうが、今回はその点を考慮しなくていい分、自由なものを作ることができたようで、よし、とこっそりと拳を握ってしまう。考えて、そして完璧な料理を出してくれた料理人たちには本当に頭が上がらない。

冷たい、冷たいと二つ連続したために、温かい料理で腹を膨らませてもらい、本来なら次はソルベ、またメイン料理と続くのだが、ここで一つ趣向を変えることにした。あくまでもこれは交流のための軽いランチだ。相変わらずのわざとらしさは漂うものの、クロスとカイルの会話も表面上は弾んでいる。概《おおむ》ね、成功しているといえよう。

どきどきしながら、エルナは最後のデザートを運び、三人の前に並べた。

「ん？　これは……」

——途端にカイルはぴくり、と眉をひそめて鋭い視線を手元の皿に向ける。

出てくる料理のすべてを嘘《うそ》くさいほどに褒め立てていたカイルが、ぴたりと口を閉じたのだ。和やかに会話をしていたテーブルからは、寒々しい空気さえ伝わってくる。淡々と給仕をしていたエルナはともかく、食事を運ぶために手伝っていた同僚のメイドたちが漂う不穏さに恐れ、怯《おび》えたように息を呑み込む音が聞こえた。

「カイル殿。その皿が……どうかされたか？」

そんな空気すらも意に介さず、いや、理解しているからこそ、あっさりと乗り越えるように、はっきりとした声でクロスは問いかけた。

「……いえ」

長い間の後、カイルは顔を伏せたまま曖昧に首を横に振る。カイルの前に置かれたデザート。それは、ただのチョコケーキだ。

クリームの一つすらもデコレーションされていない、なんの変哲もないケーキを前にして、食事会は失敗だとそのとき誰もが思っただろう。他国からの賓客に出すべき食事ではない。

このデザートだけは城の料理人が作ったものではないため、料理を運ぶ際に、「本当にこれでいいのか」とエルナは周囲に何度も念押しされたのだ。

カイルはフォークすらも握りしめることなく、不格好なケーキを見下ろしている。そして、ゆっくりと口を開こうとした。

「……クロスガルド王、大変申し訳ございませんが」

「失礼致します」

エルナはそっと目の前に新たなカップを差し出し並べる。予定外にも準備がギリギリまでかかってしまい、出すタイミングが遅れてしまったことには肝を冷やした。が、なんとか間に合った。

「これは……」

今度こそ、カイルは驚きに目を見開いていた。エルナとカップの中身を、何度も視線を移動させ、信じられないとばかりにもう一度カップをじっくりと見つめた。

よかった。これで、合っていた。

「見たことがない飲み物だな。これは一体なんなんだ？」

と、ここで声を出したのは今までじっと口をつぐんでいたフェリオルだった。

そう、これはウィズレイン王国ではあまり馴染《なじ》みがないもので、クロスは苦笑するように弟を見つめていた。そして「そこの者。よければ説明を」とエルナが発言する許可を与えた。

純粋なフェリオルの態度を除き、もちろんここまで織り込み済みの対応である。

「はい。フェリオル殿下、これは珈琲《コーヒー》といってマールズ国の方々の間でとても親しまれている飲み物です」

「親しまれている？　こんな黒い汁が？」

とフェリオルは素っ頓狂な声を出した後で、慌てて自身の口に手を当てた。その親しんでいる住人がすぐそばにいるのだ。失礼な物言いをしてしまったことに気づいたのだろう。

「いいのですよ。フェリオル殿下。たしかに見慣れない方からすれば、おかしなものに見えるでしょう」

「いえ……こちらの考えが足りず、大変なご無礼を致しました。謝罪致します」

「本当にお気になさらないでください」

ぴんと背筋を立てたフェリオルに対して、カイルは恐縮した様子ではたはたと両手を振っている。

「しかし、メイドさん」とカイルは今度はエルナに顔を向け、それから困ったような顔をした。エルナは少しだけ考えて、クロスに視線で確認してみる。こくり、とクロスは頷《うなず》いたので、問題ないと判断した。

「エルナと申します」

「そう、エルナさん。どうしてこの席で珈琲を？　いや、この国に来てからずっと飲んでいなかったからとても嬉しいけれど、びっくりしてしまって。それともクロスガルド王のご提案でしたか」

「今日のメニューは、私ではなくそこにいるメイド……エルナが中心となって考えたものです」

「じゃあやっぱり」

カイルは驚きに銀の瞳を瞬いている。

エルナは両手をエプロンスカートの前で合わせたまま、「失礼ながら、説明させていただいても？」「許す」と、クロスの返答を受けたのちカイルの前に立って、にこりと笑った。

堂々とせねばと震える気持ちと、それは得意なことだったはずだとささやくように話す過去の声がしんと心の中に響く。エルナルフィアは大勢の人間の前であっても常に慌てることなく気品すらも感じる姿であり、のちの世に淑女の鑑《かがみ》とまで伝わった。

エルナはすい、と顎を引き背筋を伸ばした。

それは空気が変わったとしかいいようがない光景だった。その場にいる誰もが、エルナに目を向けずにはいられない。

「以前、カイル様と甘味《かんみ》処《どころ》でお会いした際、不思議に思ったのです」

話す声は凜《りん》として、風の中に吸い込まれ流れていく。ふわりとなびくアプリコット色の髪が、空の青と緑の中で、妙に引き立つ。

「……不思議に思った、とは？」

「お出ししたケーキと紅茶を、一口も口にしていらっしゃらなかったからです。甘味処ですから甘いものを求めて来られるのが一般的です。それなのに、と」

実際は殴られ、気絶した後だったから純粋に体調が悪くて食べる気がなくなってしまったという可能性もあるが、そうではないということは風の精霊が教えてくれて知っていることなので、この場では省略する。

おそらくカイルはもともと甘いもの、いや食べ物を目的として店に入ったわけではなかったのだ。

「なら、一体どうして店に来たのか。考えたとき、はたと思い至りました。カイル様は、ウィズレイン王国の方ではない。マールズ国からやって来られた方なのだと。国が違えば、文化が違うのは当たり前です。調べたところ、マールズ国では珈琲と紅茶、両方を嗜《たしな》まれるのですね」

「……マールズ国はウィズレイン王国と比べて水の精霊を操る精霊術師が少ない。マールズは国土が小さい分、精霊からの恩恵も少ないからね。だから我が国では独自の方法――魔機術《まきじゅつ》と呼ばれる方法で水を集めている。この国では古代遺物《アーティファクト》と呼ばれているみたいだけど」

エルナも今回初めて知ったことだが、マールズ国では現代の形として古代遺物を蘇《よみがえ》らせ、国内で使用していると聞く。それがどんな技術なのかということは詳しくは謎のヴェールに包まれているが、古代遺物の始祖とも呼ばれるカイルヴィスとわずかにも血のつながりを感じるカイルが話しているとなると、なんとも奇妙な心持ちだった。

カイルはそうしたエルナの複雑な心境などもちろん知ることもなく、「水の種類が違えば、味も違うからねぇ」とにこりと笑った。

「ウィズレイン王国では珈琲がほとんど流通していないと知ったときは驚いたものさ。僕は紅茶よりも珈琲派なんだ。毎日一杯は飲まなきゃやる気が出ないからね、とても困ったよ。そしてあとはお察しの通り、甘味処なら珈琲も取り扱っているかも、と思ってのこのこあの店に向かった……というわけだ」

カイルの口調も、少しほぐれたものに変わりつつある。

以前にケーキを出したときよりも紅茶を出したときの方がカイルの表情に変化があったような気がしたのだ。そのときクロスが妙に苦い飲み物を飲んでいたのを思い出した。そして知ったのが、この珈琲だ。

他国の文化に触れるためにとクロスも取り寄せていたくらいなのだから、国内での流通が少なくても、王都ならば急ぎでも少量なら準備が可能だった。

「……見かけは、たしかに馴染みがないけれど。なんだか胸にくる香りというか、いい匂いがする」

「フェリオル殿下、飲み慣れない方は砂糖を入れてからの方がいいかもしれません」

「そ、そうなのですか」

じっとカップを手にして見つめていたフェリオルが、カイルの助言を聞き慌てて顔を離した。先程までの険悪な空気は消えつつあることにエルナは自然と口元がほころんでしまうのを感じながら、

「フェリオル殿下のものは、すでに溶かした砂糖を流し込んでおります」と伝える。

「ならよかった」

「ですが、たしかに最初は……驚かれるかもしれませんので、お好みでミルクをお入れください」

あまりの苦さに噴き出してしまいそうになった過去を思い出してしまった。同時にエルナの複雑な表情の意味を理解したのか、クロスが「ぶはっ」と声を出した。今、もしかして笑った？　とじろりと視線を移動したのだが、すでに彼は涼しい顔をして素知らぬふりをしている。

「フェリオル、飲んでみろ。俺もときおりだが飲んでいる。中々クセになる味だ」

「そうなのですか？　では失礼して」

ほんの少しミルクを垂らしたフェリオルに、「好きなだけ入れていい」とクロスが告げると、ほっとしたようにたっぷりと流し入れる。さすが兄弟だな、とエルナはなんとなく微笑ましさを感じた。

「……兄上、美味《おい》しいです！　冷たいのが、またこの場に合っていて気持ちがいいというか」

「温かいものの方が一般的ですが、この場ではこちらが合いますね」

慣れた様子で珈琲に手をつけたカイルも満足そうな顔つきだ。砂糖水やミルクを入れることなく、クロスも優雅な仕草で珈琲を楽しんでいた。ほっとして胸をなで下ろしたのも一瞬だった。皿にのっているチョコケーキを見て、カイルは少し悲しそうな顔をしている。

「申し訳ないのですが、私は甘いものはあまり……」

このケーキも、カカミに随分頑張ってもらったので残念だったが仕方ない。無理に食べてもらう必要はないので、そうでしたかとエルナは返答し皿を下げようとした。そのときだ。

「わっ、美味《うま》いい！」

お世辞や誰かの得を考えて行動するような、そんな思いなど一切ないような、ただ愛らしいほどに純粋な声がその場に響いた。ぱぁっと花開くような笑みを浮かべたフェリオルは、「あ、違う、美味しいです。この間食べたものとは少し味が違うけれど……、でもすごく美味しいです、兄上！」とにこにことクロスに報告している。クロスは、そうかと冷静に受け止めているようでやはり口元の笑みは隠せてはいない。

そんな二人の姿を見ていたからだろう。「すみません」とカイルはエルナに声をかけ、じっと皿を見下ろした。そして、ゆっくりとフォークを持ち、ケーキに突き刺す。そして小さくあけた口に持ち上げ、はくりと。

「……美味しい」

よかった、と口から安堵《あんど》の息が漏れそうになった。

「甘いだけじゃない、カカオの風味がする」と、カイルは冷静にケーキを観察している。

その通りだ。カイルが珈琲を目的として甘味処にやってきたとエルナは考えたが、出したチョコケーキに一切手をつけていなかったことから、紅茶だけではなく甘いものが好みでない可能性もあると思い至った。

なので、カカミと改良を重ねたのだ。カカオの風味を損ねることなく、ケーキが好きな人でも楽しめるように絶妙な甘さの配分を考えることには苦慮したが、その分素晴らしいものが出来上がった。これなら甘味処の看板メニューにだってできる、とカカミが胸をはっていたくらいだ。発明好きの彼女は、デザートでもなんでも新しいものを作ることができるのならなんだって楽しいらしい。

——本当に、ここが外でよかった。

エルナはそっと瞳を細めた。食事会は以前と同じように、城にある豪奢《ごうしゃ》な会食の間で行うこともできた。けれど閉ざされた城の中で静かに行うよりも、もっと広い、見上げるほどに大きな空の下の方がカイルの人となりがよくわかるような気がしたのだ。

「カイル様。最後に一つ、お伝えしてもいいでしょうか」

「うん、どうぞ。こんなに美味しいものを食べさせてもらったんだもの。一つと言わず、何個でも」

「では、遠慮なく。……以前に、カイル様がなぜ私がこの国が好きなのか、と問いかけられましたが、これが私の答えです。わからない、ただそれだけです」

どういうことだとばかりにカイルは口を開こうとしたが、エルナの続きを待つようにじっとこちらを見上げていた。この気持ちが伝わるだろうか、と少しだけ不安に思う。

「……わからないからこそ、少しずつ知っている最中なんです。チョコのケーキは、食べてみるまで味はわかりません」

甘いかもしれないし、すっぱいかもしれない。

でも、知らずにはいられない。

「……なるほど。たしかにこれは食べなきゃわからないことだ」

エルナのこの、叫びたくなるほどに重く、言葉にもならない感情のすべてを理解してもらったとは思えない。けれども端くれだけでも伝えることができたのならよかったと思わず頬を緩ませる。

そして、エルナ一人では伝えることなんてできなかった。場を作ってくれたクロス、また手伝ってくれた同僚たち。最後の決め手となった一番の功労者であるフェリオルはいまだ屈託のない顔をして嬉しげにケーキを頬張っている。

カイルは静かにフォークを皿の上に置いた。

「うん。とても美味しかった。ごちそうさま」

「よければお代わりを持って参りましょうか」

流れるように口から出た提案だったが、「そうだね」とカイルは頷いた後、すぐに首を横に振った。

「やっぱりやめとく。美味しいものは、ちょっとだけにしといた方がいいだろうからさ」

暖かな空気が、ふわりと舞い落ちた。

「……どうかした?」

「い、いえ」

カイルにとってはなんてことのない言葉だったのだろう。

けれどエルナは目を丸くして、これ以上、何も言えなくなってしまった。とにかく胸がいっぱいで温かくて、苦しい。相反する、暴れるような感情を抑え込むことに必死になって、口をあけて、閉じた。ただ奇妙な間ができてしまう。

「ご満足いただけたようなら、何よりだ」

そんなエルナをかばうように話したクロスも、どこかつきものが落ちたような顔をしている。クロスは覚悟を決めたように、「カイル殿」と声色を硬く変化させた。そのときだ。竜の鳴き声が聞こえた。エルナは驚き、あっと空を見上げた。

しゃらしゃら。はらはら。ほたほた……。

真っ青な空から砕けたガラスがしゃらしゃらと降ってくる。それは細やかな雪のようで、きらきらと輝きをまとって、時間さえも忘れて、ゆっくり、ゆっくりと降りそそいだ。

エルナは知らぬうちに空へと手を伸ばした。じれるほどにうまく体が動かない。やっと届いた、と思ったときエルナの指先にぽつり、と雨粒が弾《はじ》ける。瞬間、激しい突風が吹き荒れ、エルナのエプロンスカートが大きく翻り、シニヨンキャップが空の中に小さくなって消えていく。

いくつもの小さな悲鳴が重なり、エルナは遅れてスカートを押さえた。

ぱた、ぱたぱたぱた……。まるで忘れ物だとばかりに晴れの空には似合わぬ雨が一瞬だけ激しく降り、かすかに草木を濡《ぬ》らした。

「天気雨ですね。びっくりしました」

ふう、とため息をつきながらフェリオルは微笑んだが、すぐに奇妙な顔をした。

風がやんだ後に、エルナとクロス、そしてカイルの三人だけはなぜだか空を見上げて、呆然《ぼうぜん》とした顔をしている。フェリオルは首を傾げて顔を上げたが、ただそこには晴れやかな青空が広がっているだけだ。

「兄上……あっ。兄上、その」

「ああ、そうだな。確認に人を回してくれ」

「はっ。了解致しました！」

両手をわたわたさせるフェリオルを横目で確認し、すぐさまクロスは兵に指先のみで指示を飛ばす。天気雨ということで量はわずかだが、雨が降ったということは城の結界が解除された可能性がある。ウィズレイン城を覆っている結界は古代遺物を使用しており、外部からの魔術を防ぐことができるが、雨には弱い。

ただしそのことは他国の人間であるカイルに告げることはできないため曖昧な言葉でしか指示を伝えることができなかったのだが、兵士たちも慣れたようにがしゃがしゃと鎧《よろい》の音を鳴らしながら去っていく。その中にはジピーの後ろ姿もあった。

不穏な空気を感じ取ったのか、カイルはそっと周囲を窺っていたが、「失礼。少々手違いがあっただけだ」とクロスはにこりと笑ってごまかす。爽やかすぎる笑みである。

「そ、そうでしたか。……そのクロスガルド王、恐れながら、先程私に何か言葉をかけられませんでしたか……？」

「ん。そうだな。少し逸《はや》ってしまったようだ。また場を改めて、貴殿には伝えさせていただく」

「……でしたら、ぜひいつでもお声掛けください」

そう言って柔らかな表情を作るカイルは、不思議とあれほどまでに感じていた危うさや、怪しさ。そんなものが消え失《う》せているような気がした。若い青年が嬉しそうにへにゃりと目を細め笑っている、ただそれだけの姿のように思えてしまう。

なんだか変ね、とエルナは自分自身に首を傾げた。ほんの少し言葉を交わしただけなのに、まるで見ている光景が違うような、今まで何も見えていなかったような。

通り過ぎた天気雨は、本当にエルナルフィアの鳴き声だったのかもしれない。もしくは笑い声だったのか。

「エルナさん」

「えっ。は、はい！」

うっかりぼんやりとしていたから、唐突にカイルに話しかけられ、少し大げさな返事をしてしまった。顔を赤くすると同時に吹き荒れた風の中で頭につけたキャップが吹き飛び、ぐしゃぐしゃの髪になってしまった事実に気づき慌てて隠すように手ぐしで整え、「あの、どうかなさいましたか？」としゃんと背筋を伸ばす。

「いえ。先程、君は自分がウィズレイン王国を好きな理由は、まだまだ知っている最中だ、と言っていたよね。僕も使者としてこの国に来たけれど、正直、この国について表面上のことしかまったく知らない。だからずっと曖昧な気持ちなんだとわかったんだ。この国を好きかどうか、どこを好きか。人に尋ねるんじゃない。僕自身が、この目で見ればいい、それだけのことだと思ったんだよ」

そこまで一息で言い切ったカイルは、すうっと息を吐き出して、吸い込む。「だからさ」と勢いづいたように再度吐き出す。

「案内してくれないか。もちろん、城じゃなくてもいい。この街と、そこに住む人々のことを知りたいから。君が知っている街を、僕に教えてほしいな。もちろん、クロスガルド王の許可が出たら、ということになるけれど……」

最後の声はどんどん小さくなってしまっている。

「構わない。エルナ、案内してやってくれ」

カイルはぱあっと顔を明るくした。犬のようにはたはたと振るしっぽが見えてしまう。

街を案内というとフェリオルからのお願いを思い出すな、と思って少年を見てみると、ちょっとだけ頬を膨らませていた。が、エルナに見られていると気づいたのか、すぐにぴしりと姿勢を正していたのでほんの少し笑ってしまった。

「もちろん、私でよろしければ。……お時間はどう致しましょうか。私はいつでも問題ありませんが」

「それじゃあ今すぐ！　というのは、先走りすぎ……ですね？」

「食事はもう終わっている。ここでお開きにして、カイル殿の好きにしていただいて構わない」

後半はクロスへの問いかけである。このいきなりの展開にエルナとしては断る理由などない……と言いたいところなのだが、この食事会を周囲に願う形で中心となり準備した手前、片付けをすることなく抜けるのは少々心苦しい。

しかし同僚たちはエルナの心情を察したのか、大丈夫、行っておいで！　というように声には出さずとも小さな仕草で伝えてくれる。

あとで十分にお礼を言おう、と心に誓って、「それでは、参りましょうか」とエルナは片手を差し出した。そうした後で、メイドとしてこの仕草は絶対に間違っているとはっとしたが、椅子に座っていたカイルは立ち上がり、即座にエルナの手を取った。

「うん、ありがとう」

人間の手は、もっと小さかったはずなのに、とエルナは少し不思議な気分になってしまう。今はエルナの手の方が、カイルよりもずっと小さい。

爪もなく、柔らかい皮膚はなんと脆弱《ぜいじゃく》なことだろう。でも、エルナはこの小さな人間の手に憧れた。

こうして人と手をつなぐことを、ずっとずっと、憧れていた。

「カイル様。まずはどちらに行きましょうか」

「そうだね、エルナさんのおすすめの場所がいいな……というのは置いといて。その口調、ちょっとやめない？」

「口調ですか？」

「人目があるとよくないかもだけど、僕としてはもっと普通な方が嬉しいな。こんなところに単身で送り込まれるくらいだもの。僕もマールズ国じゃそれほど地位が高いわけじゃないし、呼び方も気軽にカイルでいいよ」

「だったら私もエルナって呼んでくれたら」

「言われなくてもそのつもりだった！」

んははぁ、とにかかと笑いながらカイルは大きな身振りでとんとこ跳ねるように楽しそうに歩いた。さすがにすでに手は放しているため、カイルは自由気ままな様子である。見ているだけで明るくなる人だな、とエルナも自然と笑みが溢れてしまう。

とは言いつつも、まだ城門をくぐる手前だ。城の関係者の目がないともいえないので、エルナは人差し指をそうっと自分の口元に立てた。おっと、とカイルは慌てて自身の口を両手で塞ぐ。その後へにゃりと表情を崩した。年上なのに、手のかかる弟を見ているような気分で、まったく、とエルナは呆《あき》れたように苦笑する。

――そのときだった。

突き刺すような悲鳴とともに嵐のような巨大な炎がエルナたちを舐《な》めるように襲いかかったのは。

エルナは即座に片手を突き出し、周囲の炎を四散させた。

「へ……？」

エルナの背後にかばわれていたカイルは、頭を守ったまましゃがみ込んでいた顔を上げて目を白黒させている。砂埃《すなぼこり》が舞い、炎と煙がエルナとカイルをかき分け進み、一瞬ののちに消え失せた。エルナの髪とスカートが遅れて静かにはためく。しん、とした空気が広がったが、すぐさま城は蜂の巣をつついたような騒ぎとなった。

「怪我人《けがにん》はどこだ！」

「ここだ、早く来てくれ、医務室に運ぶ！」

「発火場所の確認、現状の報告を急げ！」

兵士たちが次々に行き交う様をエルナは目の端の動きだけで確認する。今のところ手遅れとなるような大きな怪我を負った者はいないようで、ふうとわずかに息を吐き安堵すると同時に思案する。炎は城門を通り城の結界内に侵入した。そして間違いなく自然に燃え上がったものではない。

ちり、と焼かれた頬がわずかに痛み、エルナは眉をひそめた。

「な、なんだよこれ、どういうこと……？」

「自然に燃え上がった炎ではないけれど、魔術でもない。今わかることはそれだけね」

「あんな大きな炎が魔術じゃない？　そんな馬鹿な。……待った、そうじゃない。エルナ、君のその力……まさか、君は……」

エルナはカイルが続ける言葉をあえて聞くことなく、先程までとは逆のルートへ踵《きびす》を返した。早歩きで、いやほとんど走っているのと同じ速度だ。その後ろをカイルが必死についてくる。

「どこに行くんだ！　危ないよぉ！」

「カイルは城の中に避難して！　多分、そろそろ結界が張り直されるはずだから！」

魔術ではないにしても、結界さえあれば城の守りは完璧に近い。おそらく先程の雨で結界の一部が作用していなかったのだろう。

はらはらと降る雨の音。エルナにはそれが竜の鳴き声のように、聞こえたけれど。

——実際は、もしかすると。

エルナルフィアからの、警告の声だったのかもしれない。

「クロス、城門が何者かに攻撃された！」

「把握している」

人目を気にすることすら忘れて、エルナはすぐさま執務室に飛び込んだ。執務室の中は城の人間でひしめき合い、それぞれが必死に準備をしている。クロスはエルナに視線を向けることすらなく、自身の重たい鎧を数人がかりで身にまといながら端的に返事をした。

エルナはぴくりと眉を上げたが、冷静に次の言葉を吐き出す。

「周囲の気配を探ったけれど、誰かが潜んでいる様子はなかったわ」

「そうか。お前がそう言うのなら間違いないだろう。確認、礼を言う。城以外にも現在、城下にも謎の火の手が上がっていると報告を受けている。同時にアルバルル帝国が進軍を始めた」

やはりか、とエルナは顔をしかめた。この場に漂うものは、間違いなく戦場の空気だ。クロスは帝国と向かい合うために準備を進めているのだろう。

「ア、アルバルル帝国だって!?」

あけ放された扉から聞こえた素っ頓狂な声に瞬き、エルナは振り返った。やっと追いついたらしいカイルが、驚きに開いた両手と体をわなわなと震わせてこちらに目を向けている。

「避難してって言ったのに」

「お、女の子を放ってなんてできるもんか！」

カイルはぎゅっと眉を寄せて、汗でくしゃくしゃになった前髪の向こう側から見える銀の目を苦しげに見開いている。そして歯ぎしりをするように唇を噛《か》みしめ、今度は強く拳を握りしめた。

「アルバルル帝国のやつら、やっぱり……」

「マールズ国は、こうなることがわかっていたということ？」

「えっ、いや、あの」

曖昧な返事だが、ここでカイルを問い詰めたところで仕方がない。エルナはすぐさまクロスを振り向き、「わかった。私は街に行くわ」「なんで!? 危ないよ、行っちゃだめだ！」と、悲鳴のようなカイルの声がほとんど同時に響くが、気にしてなどいられない。

「……フェリオルが街に兵を引き連れて鎮火に当たっているはずだ」

「うん。合流するようにする」

すでに鎧を着終えたクロスがエルナの正面に立ち、じっとこちらを見下ろす。揺れるようなその瞳には多くの感情が内包していた。次第に二人は強く見つめ合った。言葉をいくつ重ね合わせるよりも、短い時間の中で伝わるものがあった。

「まかせた」

「そちらもね」

街の外の敵をクロスが、街はエルナが。守るべきものを互いに背中合わせで守る。ただそれだけのことだ。

「待ってよ、だめだって言ったじゃないか！」

すぐさま飛び出そうとしたエルナの腕をすれ違いざまに摑《つか》んだのは、カイルだ。

「一緒に逃げようよ、女の子だろ、街に行くだなんて、危ないに決まってる！」

剣を持ったこともないであろう細いカイルの指は、それでも指の先が白くなるほど、力強くエルナの腕を摑んでいる。本当に、純粋に。彼はエルナを心配しているだけだ。その指を見て、エルナはふと笑みをこぼした。

「カイル、放してもらってもいい？」

「行かないんだね？　わかってくれたってことでいいんだよね？」

確認のための返事はできない。嘘をつくわけにはいかない。けれども落ち着いたエルナの表情を見て安堵したように、カイルはエルナから手を放した。エルナは自身のポケットに手を入れる。

両の手を合わせた小さなエルナの手のひらの上にちょこんと乗っているのはハムスター精霊だ。エルナはハムスター精霊に、そっと小さな声をかけた。

「あなたは、ここでカイルと一緒に待っていて」

ひくり、とハムスター精霊は口元と一緒に髭《ひげ》を動かし、くるくるとしたつぶらな瞳をエルナに向ける。本来なら言葉を発することができるが、今は周囲の目がある。なぜ、と問いかけているのだと思った。

「前に……あなたを連れていったとき、とても後悔したって言ったでしょ。もう同じ思いはしたくない」

お願い、と小さな声で願う。

ハムスター精霊はすぐさま反応はしなかった。じっと瞳を伏せて、口元がひくひくと動き続けている。次にエルナの顔を見上げたとき、エルナはほっと息をついた。「ありがとう」と、礼の言葉を告げカイルに両手を差し出す。ふわふわの体はととんっと身軽な動きでカイルの服を登り、あっという間に肩に飛び乗る。

「え、な、なっ」

「カイル。何かあったらこの子を頼って。とても賢い子だから」

身を捩《よじ》るように自分の肩を見て驚くカイルに、エルナは微笑んだ。今度こそ捕まらないように、するりと距離をあける。

「だめだよ、待って！」

カイルの声を背に、エルナは丈の長いスカートを揺らし、駆けた。

一瞬だけ。振り返るときにクロスに目をやったが、彼はもうエルナを見てさえおらず、従者へ忙《せわ》しなく指示を飛ばしていた。そのことが、とても嬉しかった。

——俺は、お前を止めるよりも、背中を押す立場でありたい。

たとえどんな不安があろうと、彼は自身の言葉通りに行動しようと努めてくれている。

(なんでかしら)

不思議と足が軽い。

今ならどこまでも飛んでいけるような、そんな気がした。

エルナが街に足を踏み入れると、そこはまるで見知らぬ場所のように思えた。

美しく立ち並ぶ建物は燃え上がり、人々は怯え、子どもを抱えて必死に大通りを駆け抜ける。なんとか兵士たちの誘導でエルナはフェリオルのもとへたどり着いたが、地獄のような光景だった。

フェリオルは怒声のような声を張り上げ、小さな体で必死に兵士に向かって指図している。

「フェリオル！　状況はどうなってるの！」

「エルナ、来てくれたのか！」

綺麗《きれい》な金の髪と頬を煤《すす》だらけにしてフェリオルはエルナの姿を見て喜色を浮かべた。が、すぐさま顔を引き締めた。

「よくない。どこもかしこも火の手が上がっているのに、具体的な発火場所がわからない」

「そんな……」

「それにわからないどころか、そもそも燃えるわけがない場所まで燃え上がっている。今は魔術師が総出で鎮火に当たっているけれど、おかしいんだ。普通の火なら消えるはずなのに、魔術ではまったく消えない」

「……これは、通常の炎じゃないから」

「え？　それはどういう……」

街はごうごうと燃え上がり、こうしてフェリオルと会話している間にもほとんど煤となった近くの家の屋根がゆっくりと落ち、地面で砕ける。弾け飛ぶ火の粉と襲いくる熱風にエルナたちは自身の顔を腕でかばう。

「フェリオル様、お下がりください！」

「あ、ああ……」

フェリオルは兵士にかばわれふらつきながら落ちた屋根から距離をあけた。

またもや、どこかから悲鳴が響いた。目と耳を覆いたくなるほどの惨状だった。至る所から黒煙がもうもうと噴き上げ、本来なら青いはずの空の色すらも灰色に埋め尽くし始めている。

「……雨が、降るわけがないな」

ふと空を見上げてフェリオルは呟《つぶや》いたが、自身でもありえない可能性だとわかっているのか、すぐさま自嘲的に小さく首を横に振る。ウィズレイン王国は極端なほどに雨が少ない国だ。精霊の力を借りることでなんとか日々を生きているに過ぎない。

「そうだ、なら精霊術師は？　精霊術なら、このおかしな火を消すことができるはず」

「少しならいるけど、普段城に駐在している精霊術師は、まだヴィドラスト山から帰っていない……」

それこそカイルがウィズレイン王国にやってきた原因である。ヴィドラスト山は多くの精霊が住むため、足を踏み入れた人間を惑わせる。調査のためには貴重な精霊術師を派遣せざるを得なかった。

「僕たち騎士団が今できていることといえば、広場へと市民を誘導するくらいだ……。あそこには、精霊術で作った噴水があるから。しかしそれもまだ、すべての住民を避難させるには時間も、人手も足りない……くそっ！　兄上から帝国の動きがおかしいと知らされていたというのに！」

がつりとフェリオルは自身の腿《もも》を何度も強く拳で叩《たた》いた。

「僕は、結局何も……」

目をつむり、苦しげに声を吐き出す。仕方がない、と慰めの言葉は言えなかった。

いくらアルバルル帝国を警戒していようとも、街を燃やすという強硬な手段に出ると誰が予想できるだろう。ただそんなことを告げたところで少年の中に虚《むな》しさが募るだけだ。

王都を混乱に貶《おとし》めると同時に、進軍を開始する。あまりにも卑劣な行為に吐き気がした。

同時に、エルナは悲しくそっと目を伏せる。

遠く、どこからか鬨《とき》の声《こえ》が響き、はっと顔を上げた。クロスが軍を率いて今まさに出陣したのだろう。心の中で彼の名を呟き、同時に考える。

（クロスは、やっぱり帝国の動きを知っていたのね……）

フェリオルに助言を行ったということは、事前になんらかの情報を摑んでいたはずだ。

そうでないのならば、こうまで速やかに迎え撃つ準備を行うことができない。

（クロスを責めたいわけじゃない）

なぜならエルナには知るべき資格がない。フェリオルのように王族という責任を持つことなく、なんの立場もない。

手のひらに爪が突き刺さり、血が滲《にじ》むほどにエルナは拳を握りしめた。

そのとき、エルナは一つの決意を行った。

「フェリオル様！」

「どうかしたのか」

動きづらい鎧を脱ぎ捨てた一人の兵士が、手の中に何かを抱え髪を火の粉で燃やしながらフェリオルの前に駆けつける。

「鎮火活動の最中、奇妙な物体を発見しました！　なんらかの手がかりになればと……」

それは手のひら大の立方体だった。箱のようであり、いくつかの小さな四角が複雑に組み合わされ、継ぎ目こそあるもののどうやって作られたのか想像がつかない。

「こんなもの、見たことがないぞ……」

「古代遺物……」

「え？」

「ごめんなさい、ちょっと貸してくれる？」

エルナは兵士の手からひょいと立方体を持ち上げ、上下左右から確認する。エルナの青い瞳が、さらに深みを増したのはごくわずかな時間だった。魔力の痕跡を確認したのだ。

「間違いない。古代遺物の一種だと思う。発火装置ね。魔力のパスがうまくつながっていないから、たまたま失敗作が交じっていたというところかも」

「待て、これが失敗作ということなら、今燃えているものはなんだ。それに先程、この炎は魔術ではない、と言っていたのは……」

「古代遺物は魔力で作動するから魔術とはまったくの別物とまでは言えないわ。でも似ているというだけで、中の仕組みは全然違う。だから魔術では古代遺物が作り上げた炎に対抗できない。炎と水という相性の枠に組み入れられないの。自然に近い、精霊術の水なら鎮火できるだろうけど

「……」

通常の魔術でできた炎ならば、火竜の生まれ変わりであるエルナが無理やりにでも組み伏せることができたはずだ。だから城門で上がった炎を完全に消しきれなかった際に、魔術で作られた炎でないことにエルナは即座に気がついた。

――最近、街で見ない顔をよく見かけるから警備のためにってさらに調子に乗っていて。

以前にカカミが話していたことだ。

「古代遺物は一つじゃない。燃えている炎のその下すべてにこの古代遺物が埋まっている」

吐き出したエルナの言葉は奇妙なほどにしんとしていた。フェリオル、そして兵士がぞっとするように目を見開きエルナを凝視し、そして街の惨状を振り返る。

どこまでも、どこまでも。炎が、街を覆い尽くし始めている。

「……これ一つの魔力の総量は、大して多くない。だからこそ、たくさんの数が街の至る所に設置されているはず」

そして、設置した者はすでに逃亡しているだろう。

見つけたところで、本人たちにもどこに置いたかすらわからなくなるほどの数のはずだ。

いっそのこと、古代遺物が魔術とまったくの別物であるのならそちらの方がよかった。燃え上がる炎にも若干の魔力が滲んでいるからこそ、近寄らねばどこにあるのかエルナですらも把握ができない。

「……どうすればいい」

ぽつりと呟かれたフェリオルの声は、決して誰かに答えを尋ねたものではないのだろう。ただわけのわからない現状に、声を上げる以外の行動をすることができなかっただけだ。

けれど、その言葉はエルナの中で大きく膨れ上がった。焦げるような熱風の中で額に汗が滲むほどだというのに、奇妙なほどに体が冷たく、指先が凍えた。

(どうする、どうしたらいい。効率が悪くても一つひとつ、古代遺物を確認していく？)

すべての炎を消し去ることができずとも、わずかずつならば。

ごう、と大きな風が吹いた。

エルナのアプリコット色の髪と服が、うねるように熱い風の中で泳ぐ。さらに炎が街を巻き込み、まるで長い舌を持つように、ゆっくりと街を舐め、咀嚼《そしゃく》する。

握りすぎた拳から、ぽたりと血の雫《しずく》がこぼれた。

わからない。

(どうすればいいのか、わからない……)

自身を信じてくれたはずのクロスの背中が、ひどく遠い。

「ああ、俺たちの、街が……！」

「なんで、こんな、なんで……」

エルナたちは絶望の渦の中にいた。すでに人々は逃げる気力すらも失い、泣き崩れ街の終焉《しゅうえん》を嘆いている。

「エルナルフィア様……」

そのとき、誰かがぽつりと声を上げた。

「エルナルフィア様なら」

フェリオルは青い顔のまま、さっとエルナに視線を向けたが、それ以上は何も言わない。

「生まれ変わりがいらっしゃると言っていたじゃないか。なのに所詮は噂《うわさ》だったのか……」

「そんなわけないわ！　どこにいらっしゃるの、エルナルフィア様！」

助けてくれ、と人々が嘆く声が聞こえる。エルナはそのすべてを体に受けた。……こぼれたものは静かな涙だ。どれほどまでに望まれても、自身は何もできない。火竜の力を受けつぐエルナは魔術の炎ならばいくらでも屈服させることができようとも、水の力だけは持つことはできなかった。もし。もしだ。エルナが竜のままであったのなら、その大きな体で人々を空へと逃がすことができただろう。しかし今のエルナはただの少女だ。人としての生を望み、喜び、そしてまた絶望する。

なぜ――こうも理不尽なのだろう。

愛《いと》しいと、守りたいと。

そう願ったものを、この小さな手のひらでは何も摑むことができない。

「え、エルナ……」

ただ前を向いたまま嗚咽《おえつ》もなく涙をこぼし続けるエルナを見て、フェリオルが気遣わしげな声を出したが、エルナにはどう返答していいのかすらもわからなかった。

ただ、涙を拭った。嘆くことはいつでもできる。

「フェリオル、少しずつになってしまうけれど、私が火を消していくから――」

「誰か、娘を助けてぇ！」

そのとき、悲痛な女の叫び声が響いた。服も顔も煤だらけにした女が、フェリオルの隣に立つ兵士に目を向け、よたよたとすがりつくように泣き、とうとう動かなくなった足の代わりに喉ばかりを振り絞る。

「兵士さま、兵士さまぁ！　どうか、どうかうちの娘を！　ついさっきまで一緒にいたのに！　いつの間にか腕の中からいなくなってしまったんです……！」

「なっ……！　どこだ、すぐに救助に……」

あの家です、と震えながら示された指の先を見て、誰もが諦めたように視線を落とした。

すでに炎が家のすべてを包み、崩れていないのがおかしなほどだ。無理だと言うように兵士が小さく首を横に振ると、ああ、と女は泣き崩れた。そのときには、エルナの体は動いていた。

「少女が一人、火の中に飛び込んだぞ……！」

次々に聞こえる制止の声や、悲鳴。そのすべてを飛び越え、エルナは炎に焼かれた扉を走り抜けた。ひと一人の命だ。見ぬふりなどできるわけがない。娘を助けてくれと泣き叫んでいた母は、ついさっきまで一緒にいたと叫び、直前まで幼い子どもを抱えていたかのようなそぶりをしていた。

それなら、入り口の近くにいるはず。

間に合う、とエルナは自身に言い聞かせた。そうでなければいけない。幼い命が失われるなど、あってはいけない。

「誰か、いるの!? いるなら返事をして！」

自分でも無茶なことを叫んでいるとわかっている。建物の中は炎であぶられ、息をするだけでも喉が焼かれる。そんな中で、ましてや幼い少女が声を出すことの方が無理に決まっている。

それでも必死に声を上げずにはいられなかった。

「誰か……げほっ」

あまりの苦しさに幾度も咳《せき》を繰り返し、取り出したハンカチで口元を押さえる。反対の手で炎を消しつつ進んだが、遅々とした動きに自身でも苛立《いらだ》ちが募った。めらめらと踊る炎の中を慎重に足を踏み出していると、ふと、奇妙な気持ちになった。

エルナにとって、いや、火竜であったエルナルフィアにとって炎は身近なものであったはずだ。たとえ生まれ変わったのだとしても、それだけは変わらない。なのに今このときだけは炎が恐ろしく感じる。まるで水の中にいるようで、思う通りに体が動かない。とぷとぷと、炎が揺れた。いや、エルナの視界が揺れている。とぷり、とぷり。

水の中を、エルナは歩いていた。

ゆっくり、ゆっくりと重たい抵抗の中で両手をかき抱くように進む。

どこかで、覚えのある感覚だった。一体これはなんだろうと考えても、ずんぐりとした空虚で重い思考が堂々巡りを繰り返す。知っている。知っているはずなのに、わからない。

……わからない？

——星々が、瞬いていた。落ちてくるのか、それとも昇っていくのか。上も下もわからなくなるくらいに、壊れた屋根からは一面の星空が覗《のぞ》いている。握りしめられた手のひら。大きな背中。金の髪と、瞳の青年が握りしめていたものは赤い宝石を埋め込まれた、一本の古めかしい剣だ。

（あのとき、教会で。私は水の中に、過去の記憶を見た……）

同じだ、と思った。司祭に化けた醜悪な存在は、エルナに救いようのない過去を次々に見せた。人々の誰もが涙を流し家に帰りたいと叫び、偽の竜を作り上げるためにただ魔力を吸い取られていた。

その中にはエルナの母の姿もあった。もう骨となってしまった、愛しい人。

助けたい。そう願うのに、いくら嘆いても、苦しくても、エルナの手は過去に届くことはない。記憶の中では幼い子どもが母を想《おも》って泣いていた。お家に、帰して。

なぜ、そんなことが起きるのか。許されるのか。記憶の水の被膜が弾け飛び、エルナの眼前は炎にまみれていた。あぶられる度に乾く涙を次々と流し、「どうして！」と煙に焼かれ、しわがれた声でただ叫ぶ。なぜ、エルナは彼らを助けることができないのか。

「……なんで！」

愛しい者を、守ることができないのか。

はっとして、エルナは周囲を見回す。燃え上がる炎の中で、かすかなゆらめきが見えた。すぐさま炎をかき分けるように進む。小さな少女が今にも崩れ落ちそうな焼け焦げた床の上に倒れている。悲鳴を上げたいような気持ちになったが、それよりも体を動かす。が、炎のゆらめきの中で、思うように進むことができない。

「助けに……助けに来たよ！」

生きているのか。生きていてほしい。からからの喉をあらん限りに振り絞る。返事がほしいわけではなかった。彼女の生を願うから、叫ばずにはいられなかった。

「お母さんが、あなたのことを捜していた！」

ぴくり、と少女のまぶたが震えるように反応した。

生きている！　躍り出したいほどの喜びを抱え、乾いた涙のあとが残る顔をエルナはくしゃくしゃに崩した。ゆるゆると、手を伸ばす。大丈夫、届く。すでに炎はエルナの体を包み燃え上がり、息も苦しい。けれど、必ず届く。小さな少女は、ふるりともう一度まぶたを震わせ、ゆっくりとエルナに顔を向けた。黒く煤に汚れた、けれども可愛《かわい》らしい木の葉のような手がエルナに近づく。少しずつ。少し、ずつ。

わずかに指先が触れ合ったとき、エルナはまた静かに涙をこぼした。届いた、とはくりと小さく唇を動かし、少女の手を握りしめる。今、この場でエルナが彼女を助けたところで、過去に泣いていた子どもが今更助かるわけではない。わかっている。それなのに、まるでエルナ自身が救われたような気持ちでぐしゃぐしゃな顔のまま、力ない笑みを浮かべる。声はかすれ、ほとんど吐息のようにしか話すことができない。

「行こう。大丈夫。絶対にお母さんのところに連れていくからね」

けれども、今度こそ力強く、エルナが少女に笑いかけたとき。

エルナの体は焼け落ちた柱に押しつぶされた。

これほどまでに、自身の死を意識したことはない。

柱が落ちてくる瞬間、エルナはせめてもと少女をかばおうと体を動かそうとしたが、それすらも間に合わなかった。いや、違う。エルナの体は今この瞬間すら、ちっとも動かない。めらめらと踊り狂っていた炎すらも縫い付けられたようにぴたりと動きを止め、エルナは不思議なことにその場のすべてを俯瞰《ふかん》し、把握していた。

金の髪の、女がいた。

赤で埋まるこの場には不釣り合いなほどに真っ白なワンピースを身にまとい、覗《のぞ》く素足まで白く、小さな爪が覗いている。足先まである金の髪は歩くほどに星のようにきらめき、口の端は柔らかく弧を描いていた。

エルナの背後にいるらしき女を、動くことのない体の代わりに必死に視線だけを移動させ把握する。その間にも、止まった時間の中でただ一人、あくびをしながら女はてぽてぽと歩きエルナに近づく。

『私、人間のことは好きって言ったじゃない』

彼女はフェリオルと街を出歩いていた際に出会った高位の水の精霊だ。驚くよりも困惑するが、声すら出すことができない。精霊は、もうエルナのすぐ背後に立っている。ふう、と冷たい息をエルナの耳に吹きかけた。

『どうして私に声をかけてくれなかったの？　忘れちゃっていたのかしら。まったくもう、憤慨ものね』

声ばかりは明るいが、彼女が一言話すごとに急激に空気が冷えていく。

『よければいつか、私とも遊んでちょうだいねとお誘いしたと思うけれど？　ねぇ、一回くらいなら、あなただったら力を貸してあげてもいいわよ。どうしましょうか』

律儀な者もいれば、気まぐれな精霊もいる。この精霊は後者だとエルナは直感した。力を借りて、何があるか把握ができない。しかし迷うつもりは微塵《みじん》もなかった。貸すと言うのならば、選択肢はただ一つだ。『嬉《うれ》しい！　ありがとう！』と、精霊は笑みを浮かべてエルナの肩に細い指先を乗せた。ただそれだけのことでも、臓腑《ぞうふ》を裏返されるような激しい痛みにエルナは震え上がり、強く歯を食いしばる。いや、動くことのない体は歯を食いしばることさえ許されない。

けれども、愛《いと》しい者を守るために。エルナはただ全身に暴れ狂う痛みを耐えた。女の手が、ずぶずぶとエルナの肩の中に埋もれていく。

『痛い？　怖い？　そうよねそうよね。火の竜の魂を持つ体に、無理やり水の力をそそぎ込んでいるんだもの。こんなの正気の沙汰じゃないわ！』

もはやそれは痛みとはいえない。

ただ視界が滲《にじ》み、体の端から端まで。指の先まで別のものに成り代わってしまうような。

あるのは恐ろしいまでの恐怖だ。

『怯《おび》えてね、苦しんでね、笑ってね、泣いてね、怒ってちょうだいね、あなたの全部を私に見せて！——人間って、これだから大好き！』

吠《ほ》えた。あらん限りに喉を震わせ、エルナは叫んだ。止まっていた時間は、すでに動き出している。女の姿は、もうどこにもない。燃え上がる炎は躊躇《ちゅうちょ》なくエルナの体を焼き尽くす。

苦痛を感じなかったとはいわない。けれど、そんなものを感じているよりも、ずっと必要なことがある。エルナは横たわる少女を守り、頭上に落下した柱をもう片方の腕で受け止める。ぐちゃりと潰れる音がした。それはエルナが立つ床があまりの重さに砕けた音だ。水の力をあらん限りにそそぎ込まれたエルナには今や炎はなんの意味もなさない。そして落ちてくる柱など、もとよりエルナを傷つけるにはあまりにも貧弱だ。

「アアアッ！」

犬歯をむき出しにするように柱を弾《はじ》き飛ばした。エルナが少女を強く抱きしめると同時に、爆風が辺りを包み、建物を破壊した。一瞬、炎は消し飛んだが、すぐさままた燃え盛る。しかし空が見える。二階も、屋根も、吹き飛ぶほどの衝撃だったのだ。肩で息を繰り返しながら、ただ頭上を見上げた。荒れた息を吐き出し、吸い込む。

ごうごうと、炎が燃える音が聞こえる。

「……消えろ」

かすれた声で、空を見上げる。埃《ほこり》と煙だらけの、灰色の空を。

「消えろォ！」

求めるものは、ただ一つ。

声にもならない声で、少女を抱きしめたままエルナは叫んだ。抱きしめたその体は温かく、柔らかい生命の匂いがした。


「雨だ……」

ぽつりと、誰かが呟《つぶや》いた。

煙に巻かれ、薄汚れた灰色の空が、さらに暗い色合いへと変化していく。ぽつ、ぽつ……。気の所為《せい》だろうかと思うほどにかすかな水滴は次第に勢いを増し、視界を灰色の紗幕《しゃまく》で覆い尽くす。ざあざあと激しい音とともに、次第に炎は鎮火していく。涙か雨かわからぬほどに体中を濡《ぬ》らし、人々は泣き叫んだ。——あまりの奇跡を目の当たりにして。

そんな中、一人の少女が崩れ落ちた建物の中から一歩いっぽ、ゆっくりと踏み出した。

その体は薄汚れ、身にまとった城のお仕着せもところどころ焼け焦げている。ただ、しっかりと幼い少女を抱きしめていた。

「あ、ああ……」

まず飛び出したのは、彼女が抱きしめている少女の母親だ。雨で張り付く前髪をそのままに、涙で顔を濡らし差し出された震える両手へと、少女——エルナは、抱きかかえていた娘を母に渡す。

それと同時に、すでに力尽きた体はそのままぐしゃりと地面に転がる。が、すんでのところでフェリオルと兵士が駆けつけ、エルナを支えた。

「エルナ、お前……！」

「大丈夫？　ちゃんと雨、降っているかな、街の炎は、消えた……？　今、少し目がかすんでて」

「消えた！　消えた。全部、全部消えた！　無茶をするな、もう話すな！」

涙混じりで叫ぶフェリオルの声が、どこか遠くでエルナの耳に届く。

「すぐに救護の者を呼ぶ！　いや、城へと向かう！」

「……待って、大丈夫。すごく、疲れてるだけ。目も……少しずつ、見えてきた」

かすんでいた景色が、光が灯《とも》ったエルナの目に静かに映り込んでいく。雨の勢いが弱くなるとともに、街の姿の全景が見えてくる。……それはあまりにも痛々しい光景だった。

美しかった街の姿は消え、崩れた建物ばかりが広がっている。痛みに苦しむ人々もいる。

「フェリオル。私よりも、重病者に人を……」

そこまで伝えたところで、エルナは青い目をゆっくりと瞬いた。

その場にいた市民の誰もが、エルナに目を向けている。

奇妙なほどの沈黙だった。エルナは兵士に肩で支えられたまま瞬《まばた》きを繰り返し、周囲を見回すが、やはり皆同じような様子だ。怯えるような、恐れるような。あまり温かさを感じる瞳ではないように感じた。エルナはごくりと唾を呑《の》み、しんと口を閉ざす。

「あなたは、もしかすると……エルナルフィア様の、生まれ変わりでいらっしゃいますか……？」

その沈黙を破り問いかけたのは、エルナに助けられた娘を抱きしめたまま涙をこぼす母親だった。

エルナは困惑し、座り込んでいる彼女を見下ろす。

「炎の中に飛び込み、そして、そして……雨を！　雨を降らしてくださいました！」

どう返答していいものかと口を開き、すぐに閉じている間に、次に周囲にいた若い男が声を上げる。もしかすると、崩れた建物の隙間から見えていたのかもしれないし、少しでも魔術や精霊に縁があるものならば、この雨に気づくものもあるのだろう。

エルナが声を上げる前に、次々に街の人間たちが叫ぶ。

「え、エルナルフィア様の生まれ変わりのお方は、城にいらっしゃると噂《うわさ》を聞いたわ、あの服は、城でお勤めをしていらっしゃる証拠でしょう!?」

「子どもを、子どもを助けてくださった。そして、我らの命も……」

「ありがとうございます、本当に、ありがとうございます、伝説の竜が、我らをお守りくださった……！」

エルナを支えていた兵士すらも、鼻をすすり涙を流している。なんだか困ったことになってきた。フェリオルは、「お、お前たち、落ち着け！　落ち着くんだ！」とわたわたと叫んで、市民とエルナの顔に何度も交互に目を向けていた。エルナは少し、苦笑してしまった。

エルナルフィア様、と何度も竜の名を呼ぶ声が聞こえる。それは温かな声で、喜びで、怯えのように感じていたものは、もしかすると彼らにとっての驚きの感情だったのかもしれない。

少しだけ考えた。そして、今できる限りの声で叫ぶ。

「私の名前はエルナルフィアではありません。……エルナといいます！」

随分かすれた声になってしまったが、伝わっただろうか。しん、と静まり返ってからすぐに、

「エルナ様！」と誰かが叫ぶ。壊れた街の澄み渡るほど青い空の下で、エルナを呼ぶ明るい声が響き渡った。はは、と変な風に笑ってしまう。こんなに、何度も大声で名前を呼ばれるだなんて、エルナの人生としては初めてだ。そのときだ。エルナは捉えた光景に大きく目を見開き、悲鳴を上げそうになった。

壊れた建物の一部がぐらぐらと揺れ、そのすぐ下にはエルナに何度も手を振る男性の姿がある。

「あっ……」

危ない、逃げて。いや、叫んだところで間に合わない。手を振っていた男性も現状に気づいたが、驚きすくみ上がってただ自身の頭上を見つめることしかできない。助けねば、とエルナを支えてくれていた兵士の手を弾き、前に進もうとした。が、ふらつく足は一歩も進むことができずに、濡れた地面に転がり落ちた。

エルナ、とフェリオルは声を上げる。そんなことよりも、と泥だらけの顔のまま手を必死に前に伸ばす。時間がひどくゆっくりと流れている。また届かない。

力が、足りない。

「どっせーい!!」

泥のような時間はその力強い声とともにあっという間に吹き飛ばされた。頭をかばい小さくなった男の隣には、一人の背の高い男が立っている。茶色い髪をした頭にバンダナを巻いていて、太い木材を両手に握っていた。その木材を思いっきり横に振り、落ちてくる瓦礫《がれき》を弾き飛ばしたのだ。

バンダナの男はふんっ、と膨らませた鼻から大きく息を吹き出し、両足を広げてどっしりと立ち、ずんと胸をはっている。――それは自称自警団のリーダーであり、エルナを誘拐した青年だった。

びっくりして目を丸くする人々の中で、もう一度、自称自警団の男はふんふんっと鼻から息を吹き出した。厳しい様子だったが、エルナと目が合ったその瞬間、ぱっと男は破顔した。年の割には幼く、また可愛《かわい》らしい笑顔だった。

「エルナルフィア様、いや、エルナ様ぁ！」

にっかり笑った後に、はっとして、「あのときは、ほんとにすんませんっしたァ！」と勢いよく頭を下げた。忙しい男である。

「おいお前ら！　今こそ街を守る自警団の出番だぞ！」

持っていた木材をぼんっと放り投げた男は、ぐるんと力いっぱいに腕を振り辺り一面に響き渡るほどの大声を上げる。すぐさま体中を真っ黒にした年若い男たちが、鬨《とき》の声《こえ》に反応するが如《ごと》く、そこら中から張り裂けるような声を上げた。

「そうだァ！」

「わかってらァ！」

「お頭に続けぇ！　建物に取り残されてるやつはいねぇか！　火は消えても、まだまだ油断できねぇぞ！」

わあっ！　とそれぞれが散り散りに駆けていく光景を、エルナは茫然《ぼうぜん》として見つめていた。そっと差し出されたフェリオルの手にも、しばらく気づくことができないほどに。

「お前も、救助に向かうんだ。誰も取りこぼしがないように」

「はっ！」

エルナを支え続けていた兵士にフェリオルが声をかけたことで、エルナはハッとして顔を上げた。

そして力なく微笑《ほほえ》むフェリオルと目を合わせ、彼の手を借り足を震わせながらゆっくりと立ち上がり、眼前の光景をもう一度瞳の中に焼き付ける。

若い男たちが兵士とともに人々の救助に当たっていた。服や頭が真っ黒でぼろぼろなのは、それだけあの混乱の中、ずっと走り続けていたのだろう。

唐突に、猛烈に湧き上がるような羞恥を感じた。

――一体、今まで自分は何を見ていたのだろう？

「……正直、僕はあの者たちを心の底では見下していたのだと思う」

ぽつりと呟いたのは、フェリオルだった。

エルナの手をぎゅっと握りしめたまま、真《ま》っ直《す》ぐに前を向く。

「街を守りたいという気持ちに、僕らも、彼らにもなんの差異はなかったというのに。なぜ、こうも僕は繰り返すのだろう。……本当に、僕は愚か者だ。浅はかな自身が恥ずかしい」

エルナは返事の代わりに、少しだけフェリオルの手を握った。手のひらの火傷《やけど》が少しだけ傷んだが、そんなことは気にならなかった。

「チョコケーキだ。あの者たちも、僕にとってのチョコケーキなんだな」

「……うん。そうだね」

それは食べてみなければわからない、不思議な味だ。

これからも、エルナたちは何度だってたくさんの味を知り、驚き続ける。そうであることを祈って、自身の行動を振り返るように、空を見上げた。いつの間にか、雲菓子のような白い雲が青い空の中でもくもくと膨れ上がり、涼しげな爽やかな風が、ひゅるりと二人の間を通り過ぎた。

フェリオルに支えられながら城に戻ると、まず泣きついてきたのはカイルだった。服は焼け焦げ、体中の至る所に火傷を負ったエルナに気づき、二重で大泣きされてしまった。

そしてすっかりカイルと気心が通じてしまったのか、カイルの肩の上に乗ったままのハムスター精霊から向けられたのは無言の重圧である。はむはむごんすごんすぢっ、ぢっ、ぢぃぃと唸《うな》っているような鳴き声を響かせ、ついでに前歯をカチカチ鳴らし、こちらに見せつけていた。心配をかけてしまったことに申し訳なさは感じるけれど、連れていかなかったことに後悔はない。もしポケットの中にいたのならば、炎の中に飛び込むなどできやしなかったはずだ。でもやっぱり、「ごめんね」とちゃんと謝った。心配してくれる誰かがいるのは、とてもありがたいことだ。

そしてフェリオルたち騎士団や、自警団の面々が比較的早期に人々を広場へと誘導し避難させたこと、また鎮火した後も昼夜休むことなく救助活動を行い続けたことにより、被害の規模に対して死傷者の数は格段に少ないことが判明した。

しかしただの一人として散らされていい命があっていいわけがない。

ウィズレイン王国では死者は炎で燃やし、白い骨を土に埋める。炎はエルナルフィアの加護を与えるとされ、苦しみを忘れるようにと遺族は祈り、浄化の炎を燃やすのだ。

しかし立ち上るいくつもの細く白い煙は、あまりにも悲しかった。

——それから数日が経《た》ち、街の復興はフェリオルを中心としてわずかずつではあるが進んでいた。

エルナも新しいメイドのお仕着せをもらい、身の丈よりも大きな木材を肩にのせて、たかたかと街を走っていた。ときおり、エルナルフィア様、とエルナの名を呼ぶ声が聞こえることもあれば、大の大人でさえ持つことができないであろう大荷物を抱えて走るエルナを見て、ひええと驚く声も聞こえる。エルナの噂を知らない人間は少なくても、まさか竜の生まれ変わりがこんな年若い少女だなんてと、見ると誰もが自分の目を疑ってしまうらしい。

注目を浴びることは前世から慣れきってしまっているので、エルナは人々の反応を気にすることなく復興作業の手伝いに取り組んでいた。メイドとして城でできることもたくさんあるのだろうが、こちらの方がより力になれると判断したためである。

「あっ、フェリオル。お疲れ様」

「エル……うわ、ひいい」

運んでいる最中、兵士とともに視察を行っているフェリオルとすれ違ったので挨拶をしたのだが、

「だ、大丈夫だとはわかっているんだけど。エルナ、見ていてちょっと怖いというか。も、申し訳ない……」と、エルナが持つ木材を見て、口元を引きつらせている。たしかに持ちながら挨拶するものではないな、とエルナは判断して、よいしょと地面に置くと、ぶわりと土埃が舞い上がり、

「けふっ」とフェリオルは可愛らしいくしゃみをした。

「毎日大変そうだな……。怪我《けが》の具合はもういいのか？」

「そっちもね。もともと大した火傷じゃないから。大丈夫、ちょっと痛いだけ」

それは大丈夫と言うのか？　とフェリオルは曖昧な表情のままエルナを見上げている。それからなんとなく言葉に詰まり、ほんの少しの間の後、エルナはぽつりと呟く。

「クロスから、連絡はあった？」

「……いや」

フェリオルの近くに佇《たたず》んでいた兵士は、今は少し距離をあけてこちらを見ないようにと視線をそらしてくれている。エルナたちに気を使ってくれたのだろう。

「おそらくまだ、帝国軍に向け進軍を続けているのだろう。伝書魔術は便利だけれど、下手をすると敵に情報を伝えてしまう可能性もあるから……」

「そっか」

少なくとも、なんらかの決着がつかねばこちら側にあちらの情報を知る術《すべ》はないということだ。出てきそうになるため息を、すんでのところで呑み込んだ。クロスを心配しているのは、何もエルナだけではない。フェリオルにとってクロスは実の兄なのだから。

不自然になってしまった自身の様子をなんとかごまかそうと別の話題を探した。

すると元気な声が辺りに響いている。わっしょい、わっしょい。どっせい、どっせい。

自称自警団のリーダーと、その仲間たちだ。

「さー！　今からこの建物は取り壊すぞ！　おいそこのガキンチョ、さっさとどっかに行かねぇか！　ぶっとばすぞ！」

「言葉遣いがわるーい！　危ないから下がっていてください、だろうがぁ！」

「下がっていてくださぁーい！」

「さぁーい！」

　慣れない敬語を駆使しながら、彼らは必死で街のためにと汗水を垂らしている。

　エルナを誘拐したり、街で乱暴を働いたりと決して褒められる行動をしていない彼らだが、逆にいうと問題なのはその言動だけだ。今はクロスが戻るまでの間、フェリオルが一時的に彼らの騎士団見習い入りを許可し、びしばしとしごかれている最中である。クロスが戻ってきた際に改めて判断が下されることになるだろうが、今も必死に働いている彼らのことを決して悪いようにはしないだろうとエルナは思っている。

　街に響く彼らの明るい声があるからこそ、クロスたちの進軍を知った市民たちも必要以上に暗くなることなく自分自身にできることをしようと力を尽くしてくれている。

　ちなみに今日の騎士団見習いたちの指導官はジピーらしく、少しだけ微笑ましく思ってしまった。

　すっかり変わってしまった街の風景だが、エルナとフェリオルが立つこの空間だけは以前とそう変わらない。水の精霊と出会った場所であり、彼女の守護が強い場所だからこそ、強く炎が燃え上がることはなかったのだろう。

（水の精霊はあのとき、私に力を貸すだけ貸してすぐに消えてしまったけれど……）

　金の髪と緑の瞳を持つ美しい少女の姿だったが、変わり者の精霊だった。きっと自身の言葉通りに、エルナに力を貸すのはただの一度きりなのだろう。噴水近くにいる今も、すっかり気配は感じない。

あのときは水の精霊からエルナへの手助けを提案されたが、逆だったのならどうだろう、とエルナは少しばかり考えた。助けてくれ、と精霊に祈ったのだとしたら。……おそらくだが、彼女はきっとそっぽを向いていたに違いない。滑稽なほどにあがく人間《エルナ》が愛しくてたまらないのだと、彼女は全身で叫んでいた。

ただ一人、炎の中に飛び込むような間抜けでないと助ける気にもならなかったかもしれない。

(それにしても、あの金の髪……。今更だけど、どこかで見たことがあるような)

うーん、と歯の奥に何かが詰まったような、喉の奥につっかえているような気持ち悪さを感じて考え込んでいると、「なあ、エルナ」とフェリオルは訝《いぶか》しむような声を出してじっとエルナを見つめた。具体的にいうと、エルナの頭の上を見ていた。

「ところでさっきから気になっていたんだが、そのハムスターは一体どんな状態なんだ?」

「ああ、これ?」

そのときハムスター精霊は、まるでモモンガの如くエルナの頭にべったりとくっついていた。カイルと一緒に城で待機をお願いしたのちに再会してから、常にこの体勢である。離れてたまるものかという主張の表れらしいが、制服であるキャップが被《かぶ》りづらいのでちょっとやめてほしくもある。

「まあ、色々あって」

「いろいろ」

フェリオルは真面目くさった顔で、一体どういうことかと舌の上で言葉を転がしている。

「あっ」

「ん？」

そんな彼の顔を見ていると、水の精霊の姿と重なった。フェリオルはクロスとよく似ているが、やはり幼さがある分、雰囲気がどことなく異なる。そして水の精霊は幼い少女だった。性別が違うためにすぐに思いつきはしなかったが、こうして改めて見るとなぜ思い至らなかったのかと自分に驚いてしまう。

「そっか……。人間の姿をしていたということは、人形《ひとがた》の手本となる存在もいたはず……。ならそれが王族の血族の可能性もあるのかしら……精霊だから、それがいつの時代の人間なのかわからないけど」

「あの、さっきからなんなんだ？」

「ごめんなさい、ものすごくこっちの話。ねぇフェリオル。女性で、フェリオルによく似た親族は……まあいいか。やっぱりなんでもない」

必ずしも知る必要のあることではないだろうとエルナは考え、途中で言葉を止めてしまった。精霊にも、精霊の物語があるというだけの話だ。フェリオルは一瞬不思議そうな顔をしたが、それほど気になるわけではなかったのだろう。会話が止まると、自然と二人して空を見上げてしまう。

そのことに気がついて、あっと二人で目を合わせた。

「……だめだな、どうしても気になってしまう」

「私も。鳩《はと》が飛んでくるかなって。いつも空を見上げちゃう」

「大丈夫だ。兄上は、きっともうすぐ戻ってきてくださる」

それは願うような口調ではなく、確信した言葉だった。エルナだってクロスが傷一つなく戻ってくることを願っているが、フェリオルの口ぶりは、少しだけ奇妙に感じた。

どうしてだろうと瞬きながら見つめると、フェリオルは珍しくにんまりと笑った。その顔は少しだけクロスを彷彿《ほうふつ》とさせる。

「だって、兄上は一人きりではないからな。もちろん、連れ立った多くの兵は兄上を守り、また兄上も彼らを守るだろう。けれど、兄上にはさらに強力な支えがいる」

「強力な、支え……？」

「ああそうだ。僕はまだ幼かったから、本当はよく知らないけれど。でも」

強く、フェリオルはどこか遠くを見つめた。まるでその向こうにいる、クロスの姿を目に留めているかのように。

「絶対に、彼女は。あの人は。兄上の、力になってくださるはずだ」

＊＊＊

見通しの悪い鬱蒼《うっそう》とした森の中を、気配を殺すようにゆっくりと進んでいく。

「先に出した斥候は、戻ってこないか……」

そう呟くクロスの額には、じわりと汗が滲んでいた。

日に日に日差しが強くなり、馬に乗っているとはいえ行軍は体力を消耗する。ふう、と静かに息を落としたとき、「少し、休憩なさいますか」と近くの将に尋ねられる。「いや」とそちらを確認することなく短く返答した。クロスの言動一つが兵の指揮に関わる。

「俺を気にする必要はない。ただし、兵の動向はつぶさに報告しろ。そろそろ疲れも溜《た》まっているはずだ」

「はっ」

馬の蹄《ひづめ》の音が離れていく。今度こそクロスは表情を変えることこそなかったが、アプリコットの髪色が、ふと記憶の中から蘇《よみがえ》る。

(果たして、あちらはどうなっているのか……)

現時点での状況を伝えるべく伝令を出したが、人間の足ではいまだたどり着いてはいないだろう。かといって、伝書魔術を使用するにも事前に魔術で網を張られていた場合、即座にこちらの場所が敵に把握されてしまう可能性がある。平素ならばまだしも、行軍中での使用は望ましくはない魔術だ。

溢《あふ》れるような不安が胸の内を渦巻いている反面、おかしなことに奇妙に落ち着いた気持ちでもある。不安と、安心。いや、信頼といえばいいのだろうか。この相反する気持ちは同時に存在することもできるのだと、クロスは初めて知り驚いた。

（知らないことなど、これから山程見つかるのだろうな）

これから先エルナとともに生きる中で、きっといくらでも。

ならばまずは、この帝国の脅威から逃れねばなるまい、とクロスが眼前の木々を睨《にら》むように見据えたとき、がさごそと茂みが揺れた。動物か、と馬を止めると、即座にクロスをかばうように数人の兵が前に出る。

「待て」

兵が武器を構えたとき、クロスは制止の声を出した。ぴたりと兵は動きを止めるが、がさり、とさらに何かが近づく。そして男が転がり出た。先に斥候に送った兵の一人であり、クロスを確認すると同時に膝をつき、深々と頭を下げた。

「定刻より遅れ、大変申し訳ございません……！」

「構わん。むしろよくぞ戻った。それより、帝国の動きは」

「撤退しております！」

興奮した様子で、斥候の兵は声を荒らげる。響き渡ったその言葉に兵は動揺し、馬にも人の驚きが伝播《でんぱ》したのか、馬の嘶《いなな》きとそれを抑える声がそこかしこから聞こえたが、クロスのみが冷静な顔色のまま兵を見下ろす。

「続きを」

「はっ！　帝国軍はウィズレイン王国の国境を越え進軍を続けている様子でありましたが、先程唐突に撤退を始めました！」

「……どういうことですかな？」

クロスに問いかけたのはハルバーン公爵である。彼はこの度の招集にもいち早く駆けつけ、すぐさまクロスとともに従軍した。今回は後方にて従軍していたはずだが、この騒ぎを聞きつけ素早く馬を走らせたのだろう。

公爵は獅子《しし》のたてがみのような髭《ひげ》を相変わらずわさわさと動かし、「あちらが撤退する理由など、想像もつきませぬが……」と、眉を寄せている。

「ミュベルタ国の兵が動いたのだろう。……なんとか間に合ったな」

「ミュベルタ国とは、陛下の姉君様……オリアナ様が嫁がれた国ではございませんか！」

驚き目を見開く公爵を相手に、クロスはにまりと頷《うなず》く。

「そうだ。このために、わざと目立つように王都を出たのだからな。動いてくれねば困る。さすがの帝国も、我が国とミュベルタ国、二つの国の挟み撃ちとなれば泡を食って逃げるしかなかろうよ」

クロスは帝国の動きを事前に察知し、すでに出陣の準備を終えていた。だからこそ帝国側が驚くような速度で出陣することができたのだが、その際、帝国――そしてウィズレイン王国の中に紛れたミュベルタ国の密偵にも伝わるように、あえて鬨の声を上げながら　炎にまみれる王都の中を駆け抜けたのだ。

王都に火を放った犯人、つまりは帝国の人間も、クロスを先頭に伴っての出発に、さぞや驚いたことだろう。

「まあ、あちらも王都を抜け出している最中だったかもしれんがな……どちらにせよアルバルル帝国の王、リゴベルト王にもウィズレイン王国の出陣がさぞやスムーズに伝わったはずだ」

クロスは自身の姿すらもパフォーマンスの一つとしてここまで来た。もちろん、ミュベルタ国の動きがあと少し遅ければ直接迎え撃つ必要もあったので、張りつめた神経はいまだくすぶり続けている。

（敵と味方、どちらも傷つけることなく、なんとか収めることができたな……）

不思議と安堵《あんど》するような気持ちもある。きっとこの感情もエルナに影響を受けたものなのだろう。

（エルナならば、相手が死ななければ多少の傷程度は問題ない、と言いそうだが）

ふ、とわずかに口の端を歪《ゆが》めて笑ってしまう。人の死には臆病であるくせに、それ以外はとにかく大雑把なところが竜の生まれ変わりらしい。

「……近くまで来ているはずだな」

「むん？」

ぴいっとクロスは指笛を吹くと、やはり想定通り一羽の鳥が木々の合間をくぐってクロスの腕を止まり木とする。「鳩ではなかったか」とクロスはなんてことのない顔をするが、「おお、これは立派な鷹《たか》ですな！」と公爵は馬の手綱を引きながら感嘆の声を出している。

「姉上からの此度《こたび》に関する伝書魔術の鷹だ。俺がこの近くにいると当たりをつけて寄越《よこ》していたのだろう」

黒い鷹は翼を羽ばたかせると同時に、静かに一通の手紙へと変化する。クロスはゆるりとそれをつまみ、文面に目を通した。以前にそれとなく苦言を忍び込ませたからかこちらをからかうよう文章ではない——と、苦笑しながら文字を滑るように瞳を動かし、ぴたりと動きを止める。

「これは、姉上からではないな」

「……では、どなたからで？」


——これにて、借りを返す。


複雑な暗号を紐解《ひもと》くと、出てくるものはただその一文のみ。

「ミュベルタ国の、国王——つまり俺の義兄上《あにうえ》殿からの一筆だ。借りを返す、とのことだそうだぞ」

「はて、彼の国に返していただく必要があるほどの大きな借りなどございましたかな……？」

「さてな」

くしゃりと手紙を投げ捨てると、即座に魔術で燃え尽きる仕組みとなっている。曖昧に返答しつつもふと笑いが込み上げてくる。

（噂は、どうやら真実を捉えていたらしい）

ミュベルタ国とは万一の事態に備え、表向きはそれほど密な関係を築いてはいない。帝国、そして聖王国と強国に挟まれている現状、手札はいくらでも隠し持っておくべきだ。

だからこそミュベルタ国との関わりはただ一つ。クロスの姉、オリアナを正妃として迎え入れたことだ。

そのことを借りと感じるほどに、オリアナはミュベルタ国の中で確固たる地位を築き、そして此度の出陣についても強力な力添えをしてくれたのだろう。

（有言実行、とはまさにこのことだな……）

――いい？　私はただ人質とされるために国の外に行くのではないわ。愛されるために旅立つの。必ず、王である夫の愛を摑《つか》んでみせるわ。

在りし日の姉の言葉が、クロスの脳裏に浮かぶ。

「さて陛下、この後はいかが致しますか」

「そうだな……撤退の知らせに間違いはないだろうが、一旦はこのまま進軍を続ける。この目で見届ける必要もあろう。また今一番怯えているのは周囲の村々であるはずだ。視察を行い、必要なら幾人かの兵を駐在させる」

「陛下が直接お出《い》でになるのならば、村人たちも喜びましょう」

「王都に帰るには、まだしばらく時間がかかりそうだ。……ん、あとは二つほど、急ぎで伝書魔術を使う必要もあるな」

「ほほっ。恋文ですかな？」

「からかうな。片方はミュベルタ国の王へ、もう片方は――ん。まあ似たようなものか」

軽く肩をすくめるクロスを見て、公爵はぱちくりと瞬いた。そうした後で、ほほほうっ、と赤もじゃの髭をもしゃもしゃと片手でいじりながら、楽しげな声を上げた。

＊＊＊

「鳩だ……！」

青い空の下で、こっちだ、とばかりにフェリオルが大きく片手を振り上げる。

「白い、鳩……」

気づけば、エルナも呟いていた。

「兄上の伝書魔術だ、きっとそうだ！」

どんどんと大きくなる白い豆粒を指差し、にこにこと、嬉しそうにエルナに声を投げかける。エルナは何度も大きく頷いた。きっとそうだ。そうに違いない。

「こっちよ！」

おいで、と叫ぶ。早く、こっちに。早く、早く。

待っているから。

終章　いつか、終わりがくるのなら

Wizrain Kingdom Story

人々は、王の帰還を待ち望んでいた。

集まる群衆の中、行軍のために汚れた衣服をそのままに、一人の王が台座に足をかける。男も、女も。老人も、幼子ですらも固唾《の》を呑み、しんと王の言葉を待つ。彼の隣に立つのはフェリオルだった。よく似た風貌と、明るい金の髪が日差しの中で輝き、エルナは一瞬、目を眇《すが》めた。

王都に戻ってきたクロスが何よりも先に行ったこと。

それは不安と闘う者たち、すべての民へ言葉を投げかけることだった。

「帝国の、脅威は去った！」

クロスたちの進軍は、多くの市民たちが理解している。そしてその先に、一体何があるのかということも。王の詔《みことのり》で取り除かれた不安以上に人々に現実が降りかかり、帝国という言葉にさざめくように周囲はざわめいた。

「――しかし、それは今ばかりのこと！」

が、そのすべてを吹き飛ばすがごとく、クロスは朗々と声を張り上げる。拡声の魔術すらも使用せず自身の声帯のみで強く吐き出された声は、不思議なことにもよく響く。どこまでも、風に乗って。誰もが、はっと顔を上げて、精悍《せいかん》な王の姿を瞳に焼き付ける。

「アルバルル帝国は強大な国だ。次にまたこのウィズレインの国が狙われ、同じことが起こらぬとは限らぬ。だが俺たちは一丸となり、一つの峠を乗り越えた」

復興の兆しを見せる街を見下ろし、クロスはまるでその場にいる一人ひとりと目を合わせるようにゆっくりと見回す。

「俺とともに戦場への恐怖を乗り越え、ついてきてくれた者。またそれを待つ者たち」

王宮に付き従える兵士や騎士の多くがクロスを仰ぎ見た。そしてその妻である女たちも、自身の子どもを抱きしめた。

「怪我《けが》を負った者、頑丈な体を他者のために使った者、老いも若きも関係なく、すべての者が様々な自身の戦場に耐え、打ち勝った。この場にすでにいない者も含めてだ！　また、率先して、街の復興に貢献した者もいると聞く」

自警団の青年が感極まったように涙をこぼし、自身のバンダナを脱ぎ去り顔に押し付けている姿もあった。

「その戦いに勝利した俺たちが何を恐怖することがある。……いいや不安だろう。恐ろしさもあるだろう。そのすべてを、俺が引き受けてみせる。――誰一人としてこれ以上この場から欠けることなく、この国を、ウィズレイン王国を守ってみせよう！　王の名に刻まれた、竜の名に誓って！」

振り上げた拳とともに、多くの者たちが王の名を叫び、空にまで届きそうなほどの熱狂の中でエルナはただ一人、静かにクロスを見つめていた。

あれほどまでに自身が王であることに恐怖し、国を守るために、多くを捨て去ろうとしていた人であるはずなのに。

（この言葉の裏側に、どれほどの苦しみがあるんだろう。今まで、たった一人きりで……）

沸き立つ人々は知らない。いや、知られぬように、クロスは努力をし続けたのだ。そのあまりの苦痛に、エルナは唇を噛《か》みしめた。

そうしてただ見上げるばかりであったエルナとクロスの視線が交差したとき、砂時計の最後の一粒が、さらりと流れ終わったように感じた。

ふわりと柔らかくクロスは微笑《ほほえ》み、同じようにエルナも笑みを返した。

遠い距離を隔てながら、少しでも彼に近づくために、覚悟する。

クロスが言う通り、薄ら寒い恐怖からはいまだ薄皮一枚で逃げ切ったに過ぎない。奇妙な、震えるような寒さがある。

（アルバルル帝国……）

エルナは、はるか彼方《かなた》を睨《にら》むように、拳を握る。

（この国は、絶対に、守ってみせる）

クロスとともに、必ず。

＊＊＊

その場所は、ひどく冷たい場所だった。温度ではなく、まるで凍《い》てつくような空気が人の心すらも凍らせる。無駄な言葉、無駄な動き一つも許されることのないその宮殿の中には、冷え冷えとした大理石の段上に、一人の男が豪奢《ごうしゃ》な椅子で足を組みながらふん、とつまらなさげに息を吐き出す。

「……なんだ、このわけのわからん書状は」

「ウィズレイン王国の王からでございますな。遠回しに、事前の予告もなく国境を越え兵を挙げたことに対する我が国の非道を責め立てる内容となっております。まあ……そこそこに正論ですな」

「馬鹿を申すな！」

男はすぐさま書状を破り捨て、怒りに顔を赤黒く染める。かの男こそ、アルバルル帝国の皇帝、リゴベルト・ジャン・アルバルルである。かきあげられた前髪からは整った風貌が惜しみなく露《あら》わになっているが、見るものを萎縮させる眼光の鋭さがあった。

しかし顔を隠した黒いローブの男はしわがれた声を平坦《へいたん》なままに変化させることなく、言葉を続ける。

「我が王よ、破り捨てるのは結構ですがそちらの書状にはミュベルタ国の名も連ねられておりますぞ。国境を越えた理由はウィズレイン王国の征服を目的としたものではなかったと、適当な理由をでっちあげる方が無難でしょうなぁ……」

「そもそもミュベルタの正妃は、ただの人質同然の正妃、ミュベルタにとってあの国は捨ておける程度の属国ではなかったのか？　まさかウィズレインのためにわざわざ兵を出すなどと信じられん」

「必要以上に関わらぬ姿は演技であった、ということかと」

「すべてはあちらの掌上《しょうじょう》であったということか」

リゴベルトは苛立《いらだ》つように足を組み替え、指の先で忙《せわ》しなく肘掛けを叩《たた》く。苛立ちに瞳を閉じ、次に目をあけたときにはどこかに感情を落としたかのごとく、冷たく、落ち着いた顔つきだった。

「愚かなことよ……」

リゴベルトにとって、自身の言葉、考えがすべてだ。

「ウィズレイン……あの国は、もとは我が国から勝手な独立によってできたもの。つまり、すべてが私のものであるというのに」

だから理解できない者は、ただ愚かな人間に過ぎない。「思い込みとは、かくも恐ろしきものですなぁ……」と黒いローブの男が、自身にのみ聞こえるほどのわずかな声でほくそ笑む。

「ウィズレイン、そしてマールズ。つまりは両方とも私のものだろう。ならばマールズの土地に眠る鉱山と鉱石……《竜の鱗《うろこ》》もそうだ。違うか?」

「いいえ、我が君。その通りですとも」

「マールズも我が国の属国として日陰の中に生きていけばいいというのに。まったくおかしな欲を出しおって。……仕方ない。ウィズレインの街をもう一度火で焼くか。我が土地を痛めつけるのは少々胸にくるが、不出来な子を躾《しつけ》するのも親の役目だ」

なんてこともない顔で「ウィズレインはどうせ俺のものになるわけだし、マールズも頼りの先を焼き尽くしておいた方が、こちらに従いやすくなるだろう」と、あっさりと提案する。

「ふむ……。内と外の混乱を引き起こす引き金としてあの襲撃は、我ながらいい考えかと思ったのですが。残念ながら報告によると監視がさらにきつくなっておりまして、下手に侵入することは難しいかと」

「なんと」

乗り出していた体をがっくり倒してリゴベルトは椅子にもたれる。まるで幼い子どものような仕草だ。

「仕方がない。表向きは、適当な謝罪を行っておくべきか……なあ、影よ」

「なんですかな？」

リゴベルトはこの男の名を知らない。影とお呼びください——そう言って、ある日リゴベルトの前に現れた。いつも顔を隠しているその男は、男であるということ以外、若者なのか、それとも老成した年寄りなのか、奇妙な声色であり判別すらつかない。

が、影は様々な情報をリゴベルトにもたらした。マールズ国に新たな鉱山が見つかったことをいち早く知らせてきたのはこの男である。

「お前がどこから得た情報を俺に流しているのか、興味はない。が、下手な考えを持っているというのなら、その命はないものと思えよ」

「これはこれは恐ろしい。……私も、彼の国には少しばかり思い入れがあるのでございますよ」

「……ほう？」

一瞬、影の声色に揺らぎが見えたとリゴベルトは面白げに片眉を上げる。

「竜の鱗をですな。作っていたのです」

なんということもなく告げられた言葉に、リゴベルトは呆気《あっけ》にとられた。そして盛大に吹き出した。それが鉱山としてのものか、それとも、言葉通りの意味か読み取ることはできなかったが、なんにせよ荒唐無稽な話である。

「それで、完成したのか？」

「残念ながら」

「やはり無理だったか！」

腹を抱えて笑うしかない。

「いえいえ、ほとんど完成はしていたのですよ？　しかし竜に邪魔をされてしまいましてねぇ」

「ほほう、竜か。ウィズレインの地に生まれたと噂《うわさ》には聞いていたが……」

ウィズレインにせよ、マールズにせよ、古臭いものを信仰するのだなと鼻でせせら笑っていたものだが。それが事実というのならば。

「影よ、ウィズレインは俺のものだ……と、いうことは、だ」

獰猛《どうもう》なほどに歯を見せ、リゴベルトはにまりと笑う。

「――その竜も、俺のものということに違いはないだろう？」

わずかな間をあけて、影はゆっくりと返事をした。

声色は微笑んでいる様子だ。

「ええ、もちろん。その通りですとも」

＊＊＊

クロスが出陣し王都へと戻ってくるまでには、一月《ひとつき》ほどの時間が必要だった。

帰還したその足で民の前に姿を現し、休む暇もなく事後処理に追われるクロスと、エルナはあまり顔を合わせることなく時間ばかりが過ぎていったが、その日は珍しくクロスの執務室に呼ばれていた。

指定の時間まではまだ間があった。手持ち無沙汰になってしまったエルナはわずかでもメイドとしての仕事を行おうとしたのだが、少しだけ困ったことがあった。いや、少しどころかものすごく困っていた。

ここ最近、城ではなく街を訪れ復興の手伝いをしていることが多かったために、メイドとしての仕事は久しぶりなのだ。そして同時に、ノマと顔を合わせたのも同じく久々のことで。

ノマとエルナは、現在会話どころか笑みの一つもなく互いに背中を向け合ったまま庭の掃き掃除を行っていた。

これじゃあまるで初めに出会ったときのような気まずさね――とエルナは考え、原因は自身であることに気づいてはいた。エルナのポケットの中から、ハムスター精霊が鼻をひくひくさせながらきょろきょろ顔を覗《のぞ》かせている。

「あ、あの、ノマ！」

「……なあに？」

ともすると冷たいような声でノマはゆっくりと振り向いた。一瞬、逃げ出してしまいたくなったがぐっと箒《ほうき》の柄を握りしめて、口元を引き締め気合を入れる。

「私――エルナルフィアなの！」

叫んだ後に、ん？　ちょっとわかりづらいかもしれない、と眉をひそめて、もう一回言い直す。

「私、エルナルフィアの、生まれ変わりなの！」、と。

ノマはエルナのその発言を聞き、初めはきょとんと瞬いた。しかし次第に顔を真っ赤に変え、怒りのあまりだろうか、箒を握る腕をぶるぶると震わせ強くエルナを睨んでいた。

気持ちはわかる、とエルナは深く心の中で頷《うなず》いたが、そんなことはおくびにも出さず、ただ真面目くさった顔でノマを見つめる。騙《だま》すつもりはなかったが、結果として同じならそこに差異はない。どんな罵声も受け止めるつもりだった。

しかし、次に続いた言葉は予想外のものだった。

「そんなこと、もう知ってるわよ、この馬鹿！　ジピーに聞いたんだから！」

「じ、ジピーに……」

王都が燃えたあのとき、ジピーは兵として救出作業に当たっていたし、その後もエルナの馬鹿力を何度も目にしているだろう。なるほど、と納得したとき、ノマがぶんっとこちらに手を振る動きが見えた。エルナは思わず目をつむって衝撃を待ったが、次に来たものはただ力強く抱きしめられただけだ。ノマが落とした箒が、からんっと地面に落ちる音がする。

「心配、したんだからぁ！」

驚いてはっとして目を見開き、自分も思わずノマの背に手を当ててしまう。

「あ、あの日、お、王都が燃えて、エルナが街に行くって言ってたから、も、もう行っていたら、どうしようって。城のどこを捜してもっ、やっぱり、エルナが、いなくてっ」

少しずつ、ノマは声をしゃくり上げる。じわじわと、さらに強く抱きしめられる。その小さな震えと、ノマの声にエルナは呆然《ぼうぜん》とした。そして次第に自身の瞳を薄い透明な膜が包んでいることに気がついた。ノマの気持ちを想像した。そしてとうとう耐えきれなくなり、ぼろりとエルナの両の瞳から大粒の涙がこぼれ落ちた。

「し、死んでしまったのかとっ、あの日……！」

声をかける時間などなかった。そんなものは言い訳で、大事な友人を不安にさせたことが、ただエルナは情けなかった。「ごめんね」と謝ることしかできず、互いにしゃくり上げた。そして二人して大声で泣いて、エルナはぎゅっとノマを抱きしめ返した。


「エルナがエルナルフィア様だってこと……私がもう知ってると思ったから謝ったんでしょ？」

「うん、その通り……」

エルナとノマはお互いまぶたをぱんぱんにしたまま、庭の隅にちょこんと座っている。

子どものような泣き方をしてしまった自分が恥ずかしく、けれども胸の中にあったもやもやがすっきりしたから、楽な気持ちでもあった。

「さっきも言ったけど、そりゃ知ってるわよ。街じゃ随分噂になっているっていうじゃない。ジピーに教えてもらったときはびっくりしたし、ジピーだって驚いてたけど……。でも、エルナはエ

ルナだもの。敬えっていうならもちろんそうするけど」

「偉い竜だったのは私の前世で、私じゃないから別にいいよ。竜が偉いかどうかってのも、実はちょっとわかってないけど」

「そう。じゃあ、今まで通りね。でも……エルナが街を、救ってくれたってことも、もちろんわかってる。本当にありがとう」

「……うん」

ずずっとノマは男前に鼻をすりながらじっと正面を見つめていた。エルナも持っていたちり紙でちんっと鼻をかむ。自分でも先程の泣き方にはびっくりする……というくらいに泣いてしまったのだ。とりあえず今は平素の顔を作るしかない。

なんともいえない沈黙を破ったのはノマの重たいため息だった。

「……やっと水で手が荒れているのが治ってきてたのに。こんなに火傷《やけど》だらけにして」

まるで割れ物にでも触るように、そっとエルナの手を持ち上げて痛々しげに顔をしかめる。

「そんなに痛くないよ。我慢できる程度だったし、それにもうかなり治ったから」

「でも痛かったことに変わりはないでしょう」

「そうかな……」

そうなのかな、と妙な返答をしてしまう。

「……あの、ごめんね」

「別に、今更私のことはいいのよ。それよりヴァイド様でしょ」

「クロ……ヴァイド様って、どうして?」

「だって」

ぽかんとするエルナを横目に、ずず、とノマはもう一度鼻をすすった。それから手の甲でごしごしと目頭を拭っている。

「ご結婚、なさるんでしょ? ヴァイド様と」


——なんとなくメイドたちの間でそうなのかなって思ってるだけよ。聞き出したいわけではないけれど、ただ純粋にどうするのかなって。

そう続いたノマの台詞《せりふ》は、中々衝撃的なものだった。

つまりまとめると、もともとエルナとクロスの逢瀬《おうせ》(と、メイドたちは思っているようだが、別に隠れていたわけではない)は知られており、身分違いの恋だと思われていたところに今回の騒動だ。エルナがエルナルフィアの生まれ変わりであるのならば、生まれの身分なんて関係なくさっさと嫁入りできるのでは? と憶測されているらしい。

まったくの誤解だ、と叫ぶことはできないけれど、ちょっと待って、とストップをかけたい。クロスとエルナの婚姻はすでに約束済みのことであり、エルナは嫁になると言ったし、クロスからは嫁になれととっくの昔に言われているし……と、エルナは目をぐるぐるさせながらクロスの執務室まで向かっていた。

だから今更、このことをきっかけに大きく動くなんてことはあるわけ、あるわけ……ないのだろうか？　いくら考えてもわからないので、無意識にもポケットのハムスターをよしよしなでなでしてしまう。ごんすごんすと悲鳴なのか喜びなのかわからない声を上げているが、本日もふかふかのふわふわである。

なら、やっぱりそういうこと？　もしかして今日呼び出された理由って……。

とまで考えて、急に現在の自分の姿が恥ずかしくなってきた。メイドの服を着ているのはもちろん問題ない。だってこれは仕事の制服なわけで、そこに気まずい気持ちを持つ必要はない。ただついさっきまで大泣きしてしまったことで、顔のむくみやまぶたの腫れがどうしても気になってしまう。

今更どうしたところでなんの抵抗にもならないと理解しながらも、冷やしたハンカチで目頭を押さえて、クロスの執務室の扉の前に立った。

「……よし」

ハンカチはハムスター精霊が忍んでいるポケットとは反対側にしまいこんで、ぐっと拳に力を入れて前を向く。たとえ、この次の瞬間に改めてプロポーズされたとして、『ふうん？　そっちがしたいって言うんなら、構わないけど？』くらいの余裕たっぷりな返答ができるくらいの心構えはきちんとできたはず。

いざゆかん、とエルナは数度ノックをして、それから聞こえたクロスの返事に驚くほど胸の鼓動を大きくさせながら扉をくぐった。

部屋の中にいたのはクロス、そしてカイルの二人である。

「あ、エルナ。君も来たのか」

「俺が呼んだんだ」

「そうでしたか」

とクロスは椅子に座り、カイルはテーブル前に立ちながら朗らかな様子で会話している。

エルナは静かに唇を噛んだ。そしてぶるぶると震える体をごまかすように力強く拳を握り、ゆっくりとそっぽを向く。死にたい。

何がプロポーズだ。本当に死にたい。

「カイル殿。鉱山についての返答に、こうまで時間を取らせてしまい申し訳なかった」

「いえ、あれほどの騒ぎがあったのですから当たり前です。それに私が急ぎこの国に来た理由は……お気づきかとは思いますがアルバルル帝国からの横槍《よこやり》を恐れてのことです。ただ今回の騒動を見るに、すでに帝国も情報を摑《つか》んでいるに違いありません。今は急ぐよりも、慎重を期すべきかと思います」

「そう言ってくれるのならありがたい。そして今日この場に貴殿を呼んだのは他でもない、鉱山についての決着を表向きに出す前に、事前に根回しをと……エルナ、どうかしたのか？」

「大丈夫、なんでもない。自分の愚かさに驚いていていただけだから」

エルナは油を差していない古代遺物《アーティファクト》のような動きでぎぎっと首の向きを正面に変えて、口元をぴくぴくとさせている。

「お、おお。なんでもないなら構わんが……。カイル殿。我が国は貴国からの提案を全面的に受け入れ、鉱山の採掘を共同の事業として執り行おう。ただし、配分については、七対三ではなく、六対四だ。一方的な割り振りは、のちの不満につながる。精霊術師を派遣する分、こちらの取り分はどうしても多くなってしまうが」

「いえ、十分です。ありがとうございます。ご英断、感謝致します。そして私からも一つ。エルナがここにいるということは、私がこの国に来た別の理由も、すでにご存じということですね」

「そうだな。互いに腹を割って話すか」

テーブル越しに握手をしながら、二人は子どものように笑っている。「エルナ、それでお前も構わんか」と、クロスに投げかけられた言葉には、エルナは肩をすくめる形で返事をした。どうぞご勝手に、という意味である。

「鉱山採掘の提案は、もちろん嘘《うそ》ではありません。我が国、マールズは長らく帝国の脅威に怯《おび》え続けておりますから、武器の一つとなり得る《竜の鱗》を手に入れることができるというのなら願ってもないことです……しかし、ここ最近、ウィズレイン王国からは、別の噂を耳にするようになりました」

カイルは、そっとエルナを振り返り、そしてもう一度、真《ま》っ直《す》ぐにクロスを見つめる。

「竜の、噂です」

「……エルナルフィアの生まれ変わりか」

「その通りです。この噂の事実調査も私の任務でした。……マールズ国はウィズレイン王国の一部ではありましたが、一度は帝国に吸収され、独立した過去もあります」

そう言ってカイルは声をひそめた。

エルナは想像することしかできないが、きっと激動の歴史でもあったのだろう。

「我らマールズの国民はウィズレイン王国のもとに戻りたいと心の底で願いながらも、離れていた時間があまりにも長すぎるために独自性を持ってしまい、どこにも行くことができなくなっているのです」

カイルはふと、悲しみを瞳にのせるようにそっと目を伏せる。

「だからこそ、エルナルフィア様を敬う気持ちがあれど、この感情をどのようにすればいいのかもわかっていない……。ただそもそも、あくまでも噂は噂。むしろ、竜の生まれ変わりなど虚言である可能性の方が高い、と思っていたのですが……」

ちらりとエルナをまた振り返り、困ったように笑っている。

そして、すうっと息を吸い込み、ぴたりと動きを止めたかと思うと、カイルはゆっくりとエルナの前に歩き、静かにかしずいた。

「エルナルフィア様、あなたは、我が国が長年探し求めていた御方《おかた》でございます。そして、私に一つの気づきをくださいました。あなたは、この国を愛している理由はいまだ答えることはできない、知っている最中なのだとおっしゃった。自国を好きかどうかとウィズレイン王国の方々に問いかける前に、私もあなたに倣い、そのようにすればいいだけの話」

カイルは、そっと顔を上げた。

「まずは私自身も今のウィズレイン王国のことを知りたい。そして同時にマールズ国のことをこの国の方々に知っていただきたいのです。迷うことは、知った後でいくらでもすればいいのだと」

さらりと揺れた長い前髪の隙間から、優しげな銀の瞳がエルナへと向けられる。そうまじまじと見上げられると、妙に恥ずかしい気持ちになってしまう。

「え、えーっと……」

というか、エルナはただ曖昧な自分の感情をカイルに伝えただけで、大層なことは何も言っていない。

「……とりあえず、エルナルフィア様、じゃなくて、いつも通りエルナと呼んでもらうことはできない？」

なので見当違いな返答をしてしまった。カイルはしばらくの間、目を見開き、ふはりと吹き出すように笑う。

「ごめんよ、ちょっと仰々しすぎたよねぇ」

「すまんな、俺の嫁は照れ屋なんだ」

嫁じゃない、といつも通り叫ぶほどに空気が読めないわけではないので、エルナはぷいとそっぽを向いた。カイルが立ち上がりながら、「え、よめ？」と素っ頓狂な声を出しているのが聞こえたが、聞かなかったふりをする。

「その件に関してはエルナに変わって俺が返答しよう。こちらとしても願ったり叶《かな》ったりな提案だ。アルバルル帝国の動向も気がかりだからな。貴国とは永続的な友好関係を築くことを願う。まずは定期的に人員を交換し互いの国を学び合ってはどうか」

「ご検討、感謝致します！」

声色どころか表情までも嬉《うれ》しくてたまらない、といった様子がよくわかる。大きな犬みたいな人だ、とエルナはこっそりと顔がほころんでしまう。

「こちらの話としては以上となるが……他にもまだあるだろうか」

「いいえ、十分すぎるほどのお話でした。ありがとうございます」

「あくまでもこの場は非公式なものだ。また改めて時間を頂戴する」

「いつでもお声掛けください。それでは、私はこれで」

お互いの性格もあるのかもしれないが、さくさくと話はまとまり呆気ないくらいである。

ふうん、とエルナは男二人の姿を後ろから見つめていたが、カイルが退出の意向を唱えたので、見送りついでに目を向ける。するりと、カイルはエルナの隣を抜けようとした。が、そのときだ。

カイルは振り返り、強くエルナの腕を摑んだ。

「……え？」

「あ、いや」

摑んだのはカイルのはずなのに、なぜか彼の方がエルナよりも動揺している。けれども腕はしっかと摑んで離さない。ちらり、とエルナがカイルの手を見下ろすと、「あっ、ごめん」とぱっとカイルは両手を上げた。そして何かを言おうと口をあけて、すぐに閉じる。でもやっぱり、と顔を上げて、震えるように視線を逃がす。

エルナはそのすべてを、じっと口を閉ざして待った。待たなければならないような気がした。

「その」

とうとうカイルが声を出したとき、彼の顔はひどく真っ赤な色合いに変わって、さらに額には汗が滲《にじ》んでいた。飄々《ひょうひょう》とし続けていた青年と、同じ人間だとは思えないほどに。

「その、何を言っているか……僕自身にも、わからないことなんだけど。僕は、この国で、何かを探していたんだ。その何かがどんなものか、見当もつかなくて……。いや、ただ一つはっきりとイメージがある。それは赤い宝石がついていると思うんだ。そしてあるとしたらこの城の付近なんじゃないかな、と。ああ僕は何を言ってるんだろう……」

最後の方はびっくりするほど早口で、カイルは視線を右往左往させている。

——ない。ここも、違う。

——エルナルフィア。

ハムスター精霊から、カイルが執拗《しつよう》に何かを探していたという話を聞いている。あとは、メイドたちから城の構造を探っているようだとも。

「子どもの頃からそうなんだ。ウィズレイン城に行けばあれがあるって、ずっとそう思っていたから、実際に訪れることができて本当に嬉し……かったんだけど、はは」

そう言って、カイルはごまかすように照れ笑いをして、がりがりと頭をかいた。

始終、なんてことのない様子で話すように努めているカイルと相反して、エルナはまるで頭から足の先まで、雷で打たれたような衝撃を受けた。

（赤い石……それって、キアローレのことなの……？）

それは、ウィズレイン王国開闢《かいびゃく》の物語に関わる。

初代国王ヴァイドは宝剣キアローレを手に、魔族に打ち勝ちこの地を拓《ひら》いたとされる。

キアローレには、いつしか赤い宝石がつけられた。発明の天才、カイルヴィスの手によって。

長い時間を剣が超えていくことができるように、竜とともに時間を駆け抜けていくことを願って。

この感情を、どう呑み込んだらいいのだろうか。

カイルがエルナを見る瞳が、ふと誰かと重なった。

彼とよく似た面影を持つ、懐かしい青年の姿に。

「君なら、知っているような気がするんだ。本当に、もし、欠片《かけら》でもわかったらそれでいいから。……僕が探しているものは、今も君の近くにあるんだろうか……？」

波のように感情が押し寄せてくる。すう、と息を吸い込み、緩みそうになる涙腺を必死に抑え込んで、エルナは口元を引き締めた。……それから、小さく頷いた。

カイルははっと目を見開き、すぐさま泣き出しそうなほどに柔らかく微笑んだ。「よかった」と聞こえたその声は、時間を超えて、時代を超えて。

やっと、エルナルフィアのもとに届いた。

「……カイルに、前世の記憶はないんだよね？」

「そうだろうな。ただし、人生の中で一番色濃く残っているものだけが、今生にも影響しているのかもしれん」

「そういうことも……あるのかなぁ」

すでにカイルが去ってしまった扉を見つめて、エルナはほう、と思わずため息に似た息を吐き出してしまう。

「さあ、知らん」

しかしクロスの反応はどこか淡白で、頬杖《ほおづえ》をつきながら珍しく仏頂面だ。というか、わかりやすく不機嫌だ。

「……何か思うところでもある？」

「ない」

即座に短く吐き出す。しかしすぐに眉間のしわを深めたまま、「エルナ」「うん？」呼ばれた低い声に返事をした。

「今日、お前の部屋に夜這《よば》いするぞ」

「ん？」

「窓の鍵は閉めるなよ」

「…………うん？」


危ないからもうやめなさいとあれほど言ったというのに、その日の夜、クロスはまったく悪びれることもなくまたエルナの部屋の窓を叩いた。そうなると迎え入れないわけにもいかず、むっつりとした顔で自分のベッドの上に座るエルナの隣には上機嫌な様子のクロスがいる。

「別に、話すなら執務室でいいと思うし、隠れてやってくる必要はないんじゃないの……？」

「ここが一番落ち着くだろう。それに忍んでくるというのも中々楽しい」

「次こそは閉め出してやる」

と、言いながらも結局今と同じ結果になるんだろうな、と思う自分もいる。

「それで、何か用事でもある？」

つっけんどんに顔をそむけたエルナだったが、「あるぞ、十分すぎる用事がな」と偉そうな口調である。どんな顔をしているのか、そっぽを向いているエルナにはわからない。しかしそんなことは関係なく、クロスはちょいとエルナの左の手をとった。そしてするりと何かを指にはめる。なんなのもう、と不機嫌なままいじられた手を引っ張り返して、眼前に持ち上げ見つめる。

左手の指に、指輪がはめてあった。

ランプの光に反射して、虹色の輝く石がはめ込まれている。

「…………」

「そろそろ正式に嫁になってはどうかと思ってな」

しばらくの間、エルナの中で時間が止まった。そしてじわりと涙が出てきた。

「ん、どうした!?」

どうしてじゃない。

「馬鹿じゃ……ないの」

純粋な感想である。「ん!?」とクロスは素っ頓狂な声を上げているが、本当にそう思った。

なんでこんなタイミングで、と意味がわからない気持ちのままエルナは指輪をはめた手とは反対の手の甲で何度も目頭を拭った。覚悟をしたときこないくせに、なんでもないときにいつもあっさりと乗り越えてくる。

「ちょっと待って」と顔を伏せたままクロスを片手で制した。何度か息を吸い込み、「はー……」と息を吐き出して下を向き、「大丈夫、落ち着いた」

見上げたとき、なぜかクロスは妙に情けない顔をしている。中々見ない顔である。

「……どうかした？」

「一応、伝えておくが」

これ以上何を言うつもりなんだとエルナはすっかり訝《いぶか》しげだ。

「……俺は、側妃は持たぬつもりだが、それをお前に求めるつもりはない、ということだ」

――嫁になるとは言ったけど、クロスは王族だもの。側妃の一人や二人いてもおかしくないよね。

一瞬何を言っているのかわからなかったが、すぐに自分の過去に吐いた言葉が戻ってきた。

「な、なな、何を言っているの、というか、それを今更蒸し返すの!?」

「だから、まあ。不自由にさせるつもりはないと言いたい。例えば、カイルとどうなりたいという気持ちがあればだな、望みを叶えてやることも……」

「そもそもそんな望みはないよ！　そして王ならまだしも、正妃に夫が複数いるだなんて聞いたこともないしいらないって前に言ったよ！っていうか、今日妙に不機嫌だったのはまさかそれなの!?」

クロスは開いた自分の膝の上に手を置き、見たこともないような顔で、むうっと視線をそらしている。これはもう呆《あき》れるしかない。

とはいえ、人は恋をするとおかしくなってしまうものなのかもしれない。エルナだって、そうだ。後で考えると馬鹿らしいと思うのに、そのときは本当に悩んで、苦しくて仕方なくなってしまう。

……だから。

こんなときに伝える呪文は、ただの一つだ。

「……私だって、クロスだけがいいよ」

正直に伝える。できることはそれだけで、十分なのだ。

クロスはランプの明かり越しでもわかるくらいに、首筋を真っ赤な色に染めていた。

「では、正式な婚約を結ぶということで相違はないか」

そしてちらりと視線をエルナに向けて、堅苦しい言葉を伝える。

「そ、それは」

「うん」

「す」

「す？」

「す、すす、すすす」

「おお……」

「するけど……！」

「するのか……！」

思わず二人一緒に力が入って叫んでしまう。もとより断るつもりなんてない。

それに、とエルナはそっとか細い声を出した。なんとなく、ランプの中の揺れる小さな火を見つめる。ゆら、ゆらり。

「……王都が、燃えたとき。ううん、そもそも帝国が攻めてくるかもしれないという話を知らなかったこと、少しだけショックだったんだ」

「それは……」

「わかってる。私はエルナルフィアの記憶を持っているというだけで、それ以上でも、以下でもないもの。フェリオルのようにすべてを知らせることなんてできないし、するべきじゃない。でも、もし……正式な婚約者だったのなら、違ったのかなって。もっと、クロスの力になれたのかなって」

燃える街を見つめながら、ただそれだけを考えていた。そして大勢の民を前にして話すクロスを見て、覚悟を決めた。

けれど自分の力が、もっとあればと今も願わずにはいられない。

自然と両手を合わせて顔を伏せていたエルナの手を引っ張り上げたのはクロスだ。

「なぜそんな馬鹿なことを言う。お前がしてくれたことは、もたらしてくれたことは、十分すぎるほどだ……これ以上、背負うな。それは俺の役目だ。それに足りないと嘆くのは、俺の側だろう」

目と鼻の先程の近さで、クロスの瞳がよく見えた。

あまりにも辛《つら》そうで、苦しげな顔で、そんな顔はクロスが王都に戻ってきたとき、エルナの火傷の痕を目にしたときぶりだ。なんだか気まずくなって、握りしめられたままの手でぐいとクロスの胸元を押してしまう。大した力も込めていなかったから、クロスはびくともせずにただエルナの両手を優しく握り続け、こてりと自身の額をエルナの手に当てる。

あわ、とエルナは慌てた。そのまま腕を伸ばして距離を置いたり、逆に肩をすくめたりと頑張ってみたが、どうにも言葉がうまく出ない。

とうとう、エルナは諦めた。

だから今度は、神妙な顔つきで、「婚約、してもいいけど、条件がある」と厳かに、じっと体を硬くして伝えた。この期に及んで『してもいいけど』とまとめる自分に嫌気がさしたが、そこは横に置いておく。

「条件？　もちろん聞こう。教えてくれ」

「あのね」

ゆっくりと顔を上げるクロスと、今度こそじっくりと見つめ合う。

エルナはそこで一呼吸置いて。

「私より、先に死んで」

「…………ん？」

長い間があってからクロスが首を傾《かし》げたので、エルナはゆっくりと言い直す。

「だから。絶対に、私より先に死んでほしい」

「待て。聞こえた。聞こえていた。そうじゃない」

問題はそれじゃない、とクロスは首を横に振った。

「普通……逆じゃないか？　いや、普通が何かと言われると、俺にもよくわからなくなってくるが」

「だって、死んだら骨になるじゃない」

ゆっくりと細く長く立ち昇るあの煙を、エルナはどうしても忘れることができない。苦しくて、苦しくてたまらない。

愛《いと》しい者を、この手で抱きしめながらすべてを終えたい。

「竜は愛しい者の骨を抱きしめながら死ぬの。私はもう竜ではなく人だけれど、でも、これだけは譲れない。愛しい人間の骨を、誰かに渡したくはない。クロスの骨は、絶対に誰にも渡さない」

知らぬうちに、隣に座るクロスをそっと抱きしめていた。細いように見えても、やはりエルナと違う体つきだ。奇妙な心地だった。

「……これは、熱烈な愛の告白だな」

背中をなでられながら少しだけ、耳が熱くなった。抱きついていて顔を見せなくてよかったと思うしかない。

「よし、わかった」

了承の言葉を聞いて、エルナはこくりと頷いた。

「では俺は存分に長生きしてやろう」

「……待ってこれどんな流れ？」

「大丈夫だ。そういうのは得意だぞ。なんせ俺はヴァイドのときもしわくちゃのジジイになるまで生きたからな！」

「それは知っているけれども!?」

がばりとクロスを押しのけて距離をあけ見上げると、相変わらずクロスはにっかりと楽しそうな顔をしている。

「なんせ、可愛《かわい》らしい嫁を一人きりにさせるわけにはいかん。俺もお前も、お互いの手がしわくちゃになるまで生きて、それから骨をやるしかないだろう」

当たり前だ、とばかりに言い切られて、エルナはぽかんとクロスを見上げた。それから、「そうだね」と少しだけ吹き出すように笑ってしまった。

エルナは、クロスとともに生き、そして一緒に死ぬためにもう一度この世に生を受けたのだから。自然と顔を見合わせて、つい、とお互いの顔が近づく……が。エルナははっとして、クロスを突き飛ばした。「なんでだ。どう考えても、そんな空気だったはずだ」とクロスはベッドの上で仰向《あおむ》けになりながらぼやいている。

「……次は抵抗するな、と以前に伝えたはずだが？」

そしてすぐさま起き上がって、むっとした顔をして口を尖《とが》らせている。

「そ、そうなんだけど、待って、そういうことじゃなくて！　ご、ごめん！」

最後のごめんはクロスに向かって謝ったわけではない。

「まさか、こんなことになるとは思わず！」

もちろん、ハムスター精霊に向かってである。本日は就寝前であったために、いまだにエルナのポケットの中で己の気配をただただ殺し続けていた。慌ててポケットからハムスター精霊を取り出し、両手に乗せて平謝りをしていると、ハムスター精霊はなぜかこちらを向くことなく、丸まりながらふかふかのお尻をこちらに見せている。しぴぴと動く短いしっぽはとても可愛らしい……のだが。

『ほっといておくれ……でごんす』

聞こえたのは震えるような、か細い小さな声である。

「え？」

なんて言ったの？　とエルナが顔を近づけると、ハムスター精霊はふしゃあ、と振り返って、そして叫んだ。

『逆に気まずすぎるでごんす！　もう、もう、こっちのことは気にしないでくれでごーんすぅー！』

ばかやろー！　とばかりにハムスター精霊はエルナの手を蹴り、『アディオース、でがんすぅ！』と、しゅぴっと短い手を振り、くるくると落下する。アディオスって何。

「え、あ、え……？」

いつの間にかハムスター精霊の気配が消え、空っぽになってしまった自分の手をエルナは呆然と見つめた。

そしてその隣にはクロスがいる。彼は腕を組みながら、じっと状況を見守っていたのだが。

「……そろそろいいか？」

「え？」

「抵抗するなと言っていたはずだが」

本日二度目の台詞を吐いて、ぐいとエルナの顎に手を当てる。「う、ううう……」とエルナの口から、なんとも言えない妙な声が出たが、覚悟をして目をつむった。ちょん、と唇を合わせて離した後で、エルナはふうと息をついた。

その後で、今度はクロスの頭を抱えるようにえいやと自分から飛び込んでみせる。

「んむっ!?」

唇をくっつけた後で驚いた声を出したのはクロスだ。やってやった。

「今度はこっちが慄《おのの》かせてあげるって前に言ったでしょ……」

なんとか余裕たっぷりな声を出したはずが、まったくそんなことにはならなかったけれど、してやったり、と胸の内がすっきりする。

「そういえば、そんなこともあったな……」

と、馬車の中での一件を思い出しているのか、クロスはどこか魂が抜けたような声を出したが、「なら、もっと慄かせてくれ」と、さらに勢いよくこちらに覆いかぶさったために、「ぎゃあ！」と情けない悲鳴をエルナが上げてしまったのは言うまでもない。


それから。

ウィズレイン王国の王が一人の少女と婚約したという話は国中を駆け巡った。王都が復興していく中、めでたく明るいことだと人々は口々に少女と王を祝い、その噂は隣国や、さらに遠い国まで届いたという。

銀の髪の青年は微笑み、王とよく似た女性はくすりと笑みを落として。

――もしかすると、遠い空の向こうの向こうまでもその噂は届いたのかもしれない。

ある日のことだ。エルナとクロスがふと城の庭を歩いていたとき、しゃらしゃらと、空から不思議な音が届いた。

それはもちろん、ただの天気雨だったのかもしれないけれど、青い空の中をするりと細く、きらめきながら通り抜ける竜の姿のようにエルナには見えた。

しゃらん、きゃらん、からん。

とめどなくこぼれ落ちるガラスの光をただ見上げ、エルナとクロスは強く互いの手を握りしめた。

その手がしわくちゃになるまでと願ったことを思い出し、エルナはまた少しだけ口元をほころばせて、光の雨をゆっくりと全身で受け止めた。

「……少し、思ったことなんだが」

と、ぽつりと呟《つぶや》いたクロスを大樹の隙間からぽろぽろとこぼれた光が彩っていた。

ピクニックシートの上には紅茶が湧き出るカップとポットがあるのはいつものことで、こっくりとしたクリームがたっぷりと塗られたスコーンがトレーの上に並んでいる。

外はじわじわとした暑さを感じ始めた頃合いだったが、キアローレの大樹の下では過ぎ去る風すら涼しくて、エルナのまぶたが思わずぽってりと帳《とばり》を下げてしまいそうになっていたときだった。

エルナはクロスの声にはたと顔を上げて、ぱちぱちと必要以上に瞬《まばた》きをしてちゃんと起きていたぞ、という顔を作る。

が、そんな仕草でさえ、もちろんクロスにはお見通しである。

しかしそこはあえて追及することなく、「それでだな、エルナ。少し思い出したことがあるんだが」と再度わかりやすく先程の言葉を繰り返した。

「うん。うん、聞いてた。大丈夫。それで、思い出したって何を？」

「俺たち、随分昔のことになるが……以前に一度、会ったことがないか？」

「ええっ？」

素っ頓狂なエルナの声で、エルナの膝の上ですやすやと寝入っていたはずのハムスター精霊が、ぴくんとかすかに髭《ひげ》を揺らしたが、気にしている場合ではない。

以前に一度、と強く言葉を区切ってわざわざ付け足したということはエルナがこの城に来る前のことを指しているのだろう。何をそんな——と、エルナは眉を寄せたが、クロスは出した自分の言葉で、逆に確信を深めたらしい。

「そうだ、カルツィード領を訪れたことが一度……。まだ父君は存命で、フェリオルも生まれていなかったはずだ。となると十年……いや、十一年前……」

「えええ、ちょっと、クロス」

「となると、俺は八つ、エルナは五つのときか」

「待って、ちょっと待ってってったら」

困惑するエルナを置き去りにして、クロスは少しずつ記憶を遡らせていく。

「あれは……俺の父。つまりはウィズレイン王国、前国王に連れられて、各貴族が所有する地へと視察に向かったときのことだ……」

＊＊＊

冷たい風が、ひゅうひゅうと吹いていた。

空は分厚い白い雲に覆われており、冬の訪れを感じた。もう少しで、雪でも降り出してしまいそうだ。寒くて、ぶるりと震えてしまう。そんな中で、少女がぽつりと立っていた。

オレンジとも茶色ともいえない中途半端な髪色の幼い少女――エルナは、まだたったの五つであり、ぼんやりと自分の手を見つめていた。あまりの寒さにかじかみ、今にも凍ってしまいそうなほどの冷たい小さな手のひらは、指先が真っ赤に染まっている。鼻の頭を赤くして、ちょっと首を傾《かし》げた後に、無言のまま手のひらをこしこしと一生懸命にこすり合わせた。よいしょ、よいしょと、と必死になって。

大きな真っ青な瞳と丸いほっぺたが愛らしい姿の子どもだったが、薄いワンピースから伸びる腕は細く、年の割には痩せぎすだ。あとはくしゃくしゃの彼女の髪の毛を見て、同い年であり、エルナの雇い主の娘であるローラにはよく鳥の巣みたいだといじめられた。

――けれど、そんなことは全然気にならなかった。

「エルナ」

と、聞こえた声に、ぱっと勢いよく振り返る。

「お母さん！」

そこにはエルナとよく似た顔の、線の細い若い女がいた。荷物を両手に抱えて、柔らかく微笑《ほほえ》みながらエルナを見つめていた。

カルツィード家は王都からは遠く離れた辺境の地を治める男爵家だったが、屋敷には使用人がたくさんいた。

使わない土地が余っていたからか、派手に作り上げた屋敷には使用しきれないほどの部屋こそあれど、飾る調度品は数えるほどしかないがらんどうの屋敷だった。しかし大きな屋敷の維持をするのならそれなりの数の人が必要となってくる。

人ばかりが多く、外面だけを気にして作られたその屋敷を見て、幼いエルナはいつも何か奇妙な違和感を覚えていたが、その感情を言語化できるほどに、まだ語彙を持ってはいなかった。ただ、寂しい屋敷だな、と思っていたことだけは覚えている。

エルナと母もカルツィード家の使用人として扱われていたが、他とは少し事情が違うようだった。

詳しいことは幼いエルナにはよくわからなかったが、母のことを、めかけ、と陰で呼んでいる人がいることは知っていたし、だからなのか使用人たちはいつもよそよそしかった。本来なら使用人は屋敷の中に部屋を割り振って与えられるはずが、エルナたち母子だけは庭の端のあばら家に二人きりで住み、こうした寒い冬の日には母と抱き合って眠った。

母はエルナから見ても美しい人だったが、ふと目を離した隙にいなくなってしまうような儚《はかな》さがあり、いつもエルナに申し訳なさそうにしていた。でもエルナはこうして母とくっついていられることが、何よりも嬉《うれ》しかった。

エルナは勢いよく母に飛びつくように抱きついた。

「お母さん、お願いされたお洗濯物、しておいたよ」

「ありがとうね。残りはお母さんがするから。エルナは小屋の中に入って暖かくしていなさいな」

「だいじょうぶ、お母さんと一緒の方がうれしい。一緒にする」

と、エルナは舌っ足らずに笑う。

――この数年後、エルナの母は病で命を落とした。そしてエルナを哀れんだカルツィード男爵により、エルナは男爵家の養女となるが、まだエルナは何も知らない。

エルナは自身の不遇よりも、母といる幸福をいつも噛《か》みしめていた。「困った子」と母は優しく、ぽそりとささやくように話す人だった。エルナは犬のようにふんふんと鼻を鳴らして母にすり寄る。それから、ぺこんと頭を下げた。なでてほしい、という意味だ。

「まあエルナ、汚れちゃうわよ」

母はゆったりとした動作で持っていた荷物――洗濯物を詰めた籐《とう》のかごを草の上に下ろし、汚れて、あかぎれた手を自身の服で拭う。それからそうっとエルナの頭をなでてくれた。くふくふ、とエルナは嬉しくて笑ってしまう。

「さあ、お母さんの言うことをきいて。もう十分にエルナは頑張ったから、これ以上可愛《かわい》いほっぺが、もっと真っ赤に可愛いらしくなる前に、お手々と一緒に毛布にくるまっておきなさい」

「いーやあ」

「まあ困った子！」

そんなふうに言いながらも、母の声も弾んでいた。おぼろげながら思い出す日々は、やはりどこか幸せで、隙間風なんて吹くはずもないくらい、いつもぎゅうぎゅうに抱きしめられていた。


その日は、どこかいつもと違っていた。

屋敷の中は慌ただしく、お客様が来るのだからと当主は大きな腹を揺らしながら必死に声を張り上げていた。当主の娘であるローラは綺麗《きれい》な服を着ていて、びっくりするほど髪の毛がくるくるになっていた。ローラはいつもよりもふんふんと勢いよく鼻を鳴らしていたが、ちょっと……派手すぎるんじゃないかな？　と巻きすぎて山のようになったローラの頭を見ながら、こっそりとエルナは思った。

お客様、というのがとにかく偉い人だということはなんとなくわかった。国王陛下が視察に……。こんなこと、十年ぶり……。絶対に失礼のないように……。と誰も彼もがエルナがよくわからない話をささやいていて、とにかく忙しそうにしていた。それならエルナたちも何かすることがあるかもしれないと考えたのだが、むしろエルナと母は客が帰るまでの間、小屋からは一切出ないようにとの厳命を受けた。

いつもならこれ幸いにとあれこれと用事を言いつけられるのにと不思議になったが、母は何もかもがわかっている様子で、「小屋の中で、ひっそりと息を潜めておけばいいから。そうしたら大丈夫よ」と言っていたので、うんと頷《うなず》いた。

――このときエルナの母は深く説明することはなかったが、彼女は自身が金により買われた存在であると王に知られることを恐れたのだ。

ウィズレイン王国ではこういった人身を売買する行為は禁止されている。そのため万一この事実を国王陛下に知られてしまったとすると、カルツィード男爵は処罰を免れない。だからこそ自身の不正を隠しごまかすため、男爵はどんな手を使ってでもエルナの母、そして子であるエルナも処分するだろうとエルナの母は想像していた。事実、その想像は大きく外れていたわけでもなかった。

エルナの母は、彼女自身よりもエルナの行く末を案じていた。

そんなことはついぞ知らず、母と二人でいられることが嬉しくて、エルナはとても楽しかった。エルナをいつもいじめるローラも今日ばかりは来ないし、小屋の中にずっといるくらいなんのそのだ。こんな日が毎日続けばいいのに……なんて考えていたのはついさっきまで。外に出ることを禁じられてしまったから、エルナたちは食事をすることもできずに、ただ空腹に耐えた。

多分、エルナたちに食事を運ぶ暇がないくらいに忙しかったのだろう。それともわざとなのだろうか。エルナの母はカルツィード男爵のお気に入りではあったが、男爵の母子からは猛烈な誹《そし》りを受けることもままあった。だからこそ、軽く扱ってもいい相手なのだと同じ使用人たちから認識されていた。

なので食事を抜かれる程度はよくあることだったが、さすがに朝も夜もと一日続くのは初めてだったし、なんだかんだといっていつもは母がどこかからこっそりと、食べるものを探して持ってきてくれた。

「今日だけは我慢をしましょう。エルナ、ごめんなさいね」

そう母は言っていたが、エルナは自分自身の空腹よりもわずかに隠し持っていた食料すらもエルナに与えた母のことが心配で、心配でたまらなかったのだ。起きているよりも眠った方が空腹を耐えることができると、母とエルナは早々に寝床に入った。すやすやと、母が寝息を立てていることを確認し、エルナはそっと小屋を抜け出した。

(今日はご飯がもらえなかった……それなら、明日ももらえるかどうか、わかんない)

外に出ると、もうとっくの昔に日が暮れていた。

暗い夜空を見上げて、思わずぶるりと震えてしまったが、カルツィード男爵が盛大な宴《うたげ》を開く準備をしていたのは知っていた。

たくさんの食料が屋敷の中に運び入れられていたのだ。なら、その中から少しくらい頂戴してもバレやしないだろう……と、小さな頭で必死に考えたのだが、所詮は浅知恵だった。屋敷には驚くほどの兵士たちが出入りしており、誰にも気づかれずに中に入るなど到底無理なことのように思えた。

絶対に外からやってきた人と会ってはいけないと母に言われた言葉は覚えていたから、エルナは誰にも見つかることなく屋敷から遠ざかった。仕方ない、母が眠っている小屋に戻ろう。もしかすると途中で目が覚めた母がエルナがいないことに気づき驚き慌てているかもしれない。それに母がエルナを探しに、屋敷にやってきてしまうかもしれない……。

不安な気持ちはどんどん膨らんで、自然と足早となってしまう。いつしか吐き出す息も次第に荒く、頬は寒さでひりひりして痛くなる。もう少しで小屋にたどり着く、と思ったとき、ふと庭を囲む塀の一部が目に入った。

見かけばかりが立派な屋敷の端の端。エルナたち以外は誰も寄り付かないから、ぼろぼろで手入れもされていなくて、崩れ落ちた塀の一部には子ども一人は通り抜けることができそうな穴まであいている。

エルナは聞き分けのいい子どもだった。普段なら、そんなところ見向きもしない。

でもそのときは――どうしてだろう。ただ、焦燥感に背中を押されたとしかいいようがない。驚くほど細い母の手が、いつかなくなってしまうような、そんな感覚があった。

……エルナ一人が、たった一日の食事を見つけたところで、吹き飛んでしまう不安ではなかったけれど。

やっとのことで塀の穴を通り抜けたエルナは、はあはあと息を荒らげて屋敷の外を見回し足を動かしたが、結局食料なんてどこにもなかった。

街に出たことはあっても、大した用事をこなしたこともなく、道に詳しいわけでもない。もう夜も遅いから、街には人っ子一人いない。火を灯《とも》すためのランプの油もただではないため、寒さがきつい冬の間は、少しでも節約するために早々に明かりを落とす家が多かった。巡回する兵士から身を隠し、せめてもと街の外れの丘に足を運んでみたが、自生する植物を探そうにもどれを食べていいのか、そして食べてはいけないのか見分けがつかない。

自分がただ無駄な時間を過ごしていると思うと、エルナはどんどん悲しくなってしまった。都合よくパンや木の実が落ちているわけがないとわかっていた。嘘《うそ》だ。街に行けば、何かしらのご飯を見つけることができるだろうと漠然とした希望のようなものがあった。だからこそ期待との落差に心が沈む。

くるくる、きゅるりとお腹《なか》は悲しげな声を出している。本当に、そろそろ帰らなければいけない。けれど手ぶらというのはあまりにも悲しい。

しょうがない、とエルナはワンピースのスカート部分をかご代わりにして、適当な野草をぷちぷちと引きちぎり持ち帰ることにした。

食べることができるかどうかもわからなかったけれど、とにかく見やすい色をと選んでいるときにふと見えた月明かりの下で伸びた自身の影まで情けなくて、涙がこぼれそうになった。慌てて泥のついた指を避けて、手の甲で涙を拭う。ず、と鼻をすすった。そのときだ。

「誰かいるのか」

誰何《すいか》の声が響いた。

それは声変わり前の幼い少年の声だったが、そんなことエルナにはわからない。びくん、と震えるように反応して立ち上がって振り返り、スカートからはぼたぼたと野草が落ちていく。悪いことをしているという自覚を持っている分、何も言うこともできずにただ体を硬くして待つしかなかった。

こんなところで、何をしている——と。どんな大人に怒られるのだろうと怖くて、その先を想像した。どこの子どもだと聞かれれば、カルツィード男爵の名を出すしかない。しかし、そうすると外に出るなという言いつけを守らなかったことを知られてしまう。

そのときになってエルナはやっと自身の行動の恐ろしさを改めて認識した。あれほど母が外に出ないようにと言っていたからにはきっと理由があるはずだ。ならば今の自分の行動に対して、どんな罰が待っているのだろう。

恐怖を前にして足がすくみ逃げることもできず、エルナができることはじっと前を向くことだけだ。ざくり、ざくりと足音が聞こえる。その足音が想像よりも小さなことに、おや、と瞬いた次の瞬間、エルナに声をかけた少年の姿が月明かりの下でゆっくりと見えた。

いや、さすがに薄暗い夜の中だ。はっきりと顔まで見ることはなかったが、少なくとも大人ではないことを理解した。

「こんな夜更けに、何をしている」

恐れていたはずの問いとまったく同じものだというのに、エルナの心はすっかり安心していて、「はあ……」というため息だけ口から漏れてしまった。

「……おい?」

「えっと、あなたも何してるの?」

「質問を質問で返すか……?」

なんだかちょっと偉そうな話し方だったが、偉そうにされるのは慣れているのでエルナは全然気にしなかった。それよりも、いつもエルナと話す、ローラや使用人たちよりも少年はずっと優しそうに思えた。

「……まあいい、俺も言えたことではないからな」

ほらやっぱり、と。

なんだか誇らしいような変な気分になってしまう。エルナが知っている母以外の人たちなら、こんな返答をしたら怒るに決まっている。

「そんなことより、俺がここにいることは誰にも話してくれるなよ」

「私は野草を摘んでたの。ねえ、あなたは何をしてたの？」

「おい……ちゃんとこちらの話を聞いているのか……？　聞いていると思うことにするぞ、大丈夫なんだな？　しかし何をしているかと聞かれると、そうだな」

男の子、でもエルナよりもずっと大きいからお兄さんだ、となぜかエルナはわくわくしていた。多分だけど、さっきまで泣き出しそうな気持ちだったから。

一人きりで、寂しくてたまらなかったから。

男の子が、薄暗い影の中で、ふと空を見上げるような仕草をした。エルナもつられたように同じ動きをしたが、もちろん頭の上に何があるわけではない。ただの平凡な夜空がずっと先まで続いているだけだ。

なのに、どうしてだろう。

「……月を見ているに決まっている」

男の子の顔も見ることもできないのに、不思議と彼がにかりと楽しそうに笑ったような気がした。

エルナと男の子は、なんとなく二人で並んで丘の上に座って空を見上げた。

近くに座ったとき、男の子は綺麗な金髪だということに気がついた。エルナのオレンジとも、茶色ともいえない中途半端な髪色とは大違いだ。もっとお母さんみたいに赤色のはっきりした色をしていたらよかったのに、とローラにからかわれる度に思っていたから、綺麗な髪色は少しだけ羨ましかった。

他にわかったことといえば、男の子はエルナがよく知る使用人のような服を着ていないということ。かといって街の人たちが着ている洋服とも少し違う気がするが、じゃあどんな、といわれると困ってしまう。

とにかくエルナには縁がないような、暖かそうな服を彼は着ていた。

「寒くないのか？」

「え？」

暖かそうだ、と思ったばかりだったからまるで心を見透かされたように感じてしまったが、エルナが男の子を見ていたように、彼もエルナを見ていたというだけだ。「……もちろん寒いよ」と、エルナはわずかに逡巡《しゅんじゅん》した後に答えた。嘘をついても仕方がない。エルナが着る薄っぺらなワンピースは、冬には不向きだ。

肌寒い腕をこしこしとこすった後に、ふうと両手に息を吐き出す。白い息が夜空の中に吸い込まれていく。

「これを着ておけ」

「わあ」

ばさりと投げかけられたのは、男の子が着ていた上着だ。寒さが一度に吹き飛んでいくような暖かさだったが、びっくりしたのはそのことにではない。

「だめだよ。お兄ちゃんが寒くなっちゃうよ」

「お、お兄ちゃん？」

エルナとしてみれば名前がわからない相手への呼称であるためにおかしなことを言ったつもりはないのだが、どうやら相手側には違ったらしい。素っ頓狂な声を出して、薄暗い中でわかりづらいが、ぱくぱくと口を動かしている。そんなに驚くことだろうか。

「お兄ちゃんがだめなら、なんて呼べばいいの？」

「クロ……いや、なんでもない。お兄ちゃんでも、まあ、構わない」

「くろ？」

「何も言っていない」

絶対に何か言っていたが、まあいいか、と考えた。名前を教えてくれないのなら、自分も言うのはやめておこう、とエルナは考えた。いくら彼が大人じゃないから怒られることがなくほっとしたのだとしても、自分がここにいることは少しでも秘密にしておきたい。

「お兄ちゃんは、なんでここにいるの？」

でも、気になることは気になる。エルナは野草を摘んでいると彼に答えたのだから、あっちだって教えてくれてもいいはずだ。

「……月を見ていると言っただろう？」

「こんなに寒いのに？」

「寒い方が、よく見えるんだ。しんとして、何も聞こえないから」

目で見ることと、耳で聞くことは別なんじゃないかな、とエルナは思ったが、男の子の中でははきちんと理屈立った話になるらしい。難しいことを言うのは、きっと彼が大人に近いからだと自分で勝手に納得した。子どものエルナからすると三つ、四つの違いがあるだけで、相手がずっと大人に見える。実際は、全然そんなことはないのに。

男の子――クロスは、実は一人勝手に案内された屋敷から抜け出していた。このときから抜け出し癖の片鱗《へんりん》が見えたが、前世の記憶を思い出したばかりであった彼はとにかく不安定で、その小さな体の中いっぱいに不安を溜《た》め込んでいた。もしくは、それは恐怖に近い感情だったのかもしれない。

初代ウィズレイン王国の国王であるヴァイドの記憶は、クロスの中であまりにも重たく、ただただ恐ろしかった。キアローレの剣を見た瞬間に、怒濤《どとう》のごとく流れた記憶を咀嚼《そしゃく》するにはあまりにも彼は幼く、前世という実感もいまだない。

もしかすると自身の頭がおかしくなっただけなのではないだろうか。英雄に憧れるあまりに、自身の頭が変異してしまったのではないかと。その仮定を否定しきれるほど、クロスには確信が持てない。しかし、竜の背に乗り空を駆けた一人の男の記憶は、あまりにも生々しい。

こうした前世との境界が曖昧になる感覚は、ぞっとするほどに足が震えた。だから幼い少年には、一人静かになる時間が必要だった。

とはいっても、外に出るのは護衛の兵が気づくまでの短い時間がせいぜいだ。よくはないとわかりつつもいつもそっと部屋から出て、誰にも気づかれぬように戻るようにしている。

クロスにとっては珍しいことではない。が、隣に誰かいるというのはあまりない経験だった。

「わあぁ……あったかい」

と、隣に座る少女はほにゃほにゃと声を出して、自分には合わない長い袖を振り回している。顔は、わからない。けれど可愛らしく感じてしまったのは不思議だ。フェリオルもまだ生まれていなかった頃のことである。自身よりも幼い子どもはあまり身近にいなかった。

だからなのだろうか。誰にも伝えることなく耐えていた口と、心を閉ざしていた感情を伝えたくなったのは。

「……月を見ていたというのは嘘だ。誰にも……、誰にも、言えないことが苦しくて、月に話しかけていた」

「お月さまって、話せるの？」

嫌味でもなんでもなく、少女が純粋な疑問で声を出しているのだとわかったから、クロスの口元は自然と和らいだ。

「話せないだろうなぁ。だから俺が一方的に話しかけている」

「……つまんなくない？」

「そうだな、つまらないかもしれない。でもいいだろう。向こうだって、いつも空に浮かんでいるだけなんだから」

ちょっとくらい、こちらの相手をしてくれたって。そんな意味を込めて吐き出すように呟いた言葉だった。

だれか一人くらい、クロスの話を聞いてくれたって。

そのとき、激しい寒さが胸の内を通り抜けた。それは恐ろしく冷たい風だった。クロスの体の芯まで凍えるような、ぞわりとした感覚。誰にも、誰にもこの秘密を告げることなく、クロスは一生を終えるのではないだろうかという、純粋な恐怖。

気づくべきではなかったと思うと同時に、すでに心の底では知っていたことだった。これから先、死ぬまでの長い長い人生を、自分は誰一人として心を許すこともできずに孤独に過ごすのだろうという考えたくもない未来を想像した。いや、事実それは確定した人生だった。

嫌だと。この内に秘めた言葉を、ただただ叫びたかった。あらん限りに喉を震わせ、獣のように感情を吐き出すのみでも。それだけでもよかった。それなのに。

クロスは、どこまでも王族だった。

拳を強く握りしめ、じっと俯《うつむ》く。寂しさは、こうしているといつかは過ぎ去っていく。耐えたところで次にやってくるものは、さらに辛《つら》く、苦しい感情だということはわかっていたが、クロスはこうして耐えることしか知らなかった。

月明かりしか見えない薄暗さがまるで自身のこの先を表しているようで、目をあけていることすらもできずにいつしか強くまぶたをつむっていた。辛く厳しい寒さが、クロスの体を放すことなく抱きしめていた。

そのとき隣にいる誰かが、唐突に立ち上がった。

そういえば、隣に女の子がいたんだった……とそんなことすら忘れていた自分に驚き、ふと顔を上げた。少女は小さな体を立ち上がらせて、わたわたと落ち着きのない動きをしている。ワンピースのスカートを持ち上げているのだろうか？　そういえば彼女は野草を摘んでいると言っていた。クロスが声をかけたときに落としてしまったように見えたが、落としたものは拾って、また膝の上に置いていたのだろう。

一体何をしているんだろう、と感じたのは純粋な疑問だ。『お月さまって、話せるの？』と先程問いかけた彼女のように。

名も知らぬ少女は、「ようし」と気合の声を入れた。

そして、次の瞬間、何かを力いっぱいに放り投げた。

「えいやー！」

スカートに入れていた野草を、空に向かって。

——エルナが野草と言ったそれは、野に咲く、小さな花々だった。暗い中でも、真っ白な花弁はよく見えたから、とにかくそればかりを摘んでいた。

月明かりの下で投げられた花は、まるで空の中に吸い込まれていくようだ。ぴたりと時間が止まってしまったような奇妙な時の中で、月への道をはらはら、するりと歩んでいるような。

幼い少女が両手をいっぱいに広げて、二本の足でどっしりと立っていた。クロスは、ただその背中を見つめていた。

白い花々は蝶《ちょう》のように頼りなく羽ばたいて、それでも月を目指して渡っていく。

「あっ……」

その不思議な時間を終わらせたのも、少女だった。投げられた花は放物線を描くように丘の上に落ちてしまい、残念そうな声を出していた。当たり前だ。花が月に届くわけがない。

一体自分は何を見たんだろう、とクロスは小さく首を横に振って、眉間を揉《も》んだ。その後で、こんな幻想を持ったのも、自分一人に違いないと思い至り、唐突に恥ずかしくなった。彼女はただ、持っていた花を投げ捨てただけだ。

「あーあ。届かなかった」

なのに、彼女が心底残念そうな声を出したから、どういうことかと瞬いてしまう。

「……待て、まさか本当に月まで届くと思っていたのか？」

「ええ？」

問いかけた自分の方がおかしなことを言っただろうかと錯覚するほど、少女は調子っぱずれな声を出した。いちいち反応が読めなくて、なんとも難しい相手である。

「届くとか、そういうことはあんまり考えていなかったけど……」

なぜだろうか。

クロスは彼女が話す次の言葉を、妙に緊張した面持ちで待っていた。

「もしかして、お月さまってお友達がいないのかなって。それならつまんないだろうから、せめてお花を飾ったらいいいと思ったの」

「…………」

「花かんむりにしてもいいよ。お月さまって小さいから、ちょっとお花があるだけで、きっと立派なかんむりになるよね」

「……月は、ここから距離があるから、とても小さく見えているだけだ。本当はすごく大きいんだぞ」

「そうなの？」

うそだあ、と少女は自分の拳を持ち上げて、月と見比べるような仕草をしている。

「まあいっか。大きくても小さくても、お友達にならなれるよ。今日は届かなくても、明日なら届くかも」

相手は、クロスよりもずっと幼い少女だ。

思いついたことを、ただなんとなく羅列しているだけで、そのことに深い意味はないとわかっている。

「そうだろうか……」

わかっているのに。

「今は、誰もいなくても。いつかは友人が……いや、友人でなくとも、誰かが隣にいてくれることもあるのだろうか……」

どうしてこんなことを自分は言っているのだろう。

感情のままに吐き出した声はまるで何かにすがるようで、驚くほど自分を情けなく感じた。あまりにも情けなくて、なかったことにしたいと願ったくらいだ。

けれど次に少女が話したあっけらかんとした言葉に、クロスは多分、救われた。おそらく、ほんの少しだけ。

希望のような温かさを胸の内に感じた。

「そういうことも、あるんじゃない？　明日のことなんてわかんないもの」

「……わからないものだろうか」

「うん。明日の夜には、もしかしたらお月さまが二つになってるかもしれないし」

「いやそれはないだろう。夜が明るすぎて困ってしまうぞ」

「そっか。寝れなくなっちゃうかな？　ならだめだね。困っちゃうのはよくないや」

「でもそうだな。月が二つに増えることはないが、星が増えることならあるかもしれない」

「ああ、お星さま！　ちっちゃいけども、今もきらきらしているね。お月さまにも、すぐ隣にお友達がいるじゃない！」

「……すぐ隣じゃない。俺たちから見ればそう見えるかもしれないけど、月の大きさと同じで、本当は、とてもとても距離がある」

「うっそだあ」

「嘘なものか。空はこんなに広いんだから」

ええ？　と少女は空を見上げた。ぐん、とのけぞり、どこまでも広がる夜空にくらめいてしまったのか、すとりとクロスの隣に座った。だから、二人で一緒に空を仰いだ。

ついさっきまでは丸い月しか見えない暗い空のように思っていた。それなのに、今はどうだろう。街どころか、遠い山の向こうまで続く夜空には、小さな星々が散っていた。そしてときおり思い出したようにきらめき、消えて、また輝く。しゃらしゃらと、星の声が降ってくるようだ。

その音を聞きたくて、クロスはきゅっと目尻を細め、口を閉ざした。寒くて、しんとした空気だった。吐き出す息はとにかく白くて、紺色の空に吸い込まれていく。

どれくらいそうしていたのだろう。それほど長い時間ではなかったけれど、重たく沈んでいた気持ちは消え、いつしか柔らかく息ができるようになっていた。

きっとそれは今だけのもので、苦しみが過ぎ去ったわけではない。また城に戻れば、迷い、辛く思う日々が待ち受けているに違いないのだろうけれど。それでも。

——嬉しかった。

「月の隣にいる星は遠くても、誰かいることに違いはないな」

「そうだよ。あとやっぱり遠いなんてのは、勘違いだと思うなぁ」

まったく認める様子がないのは、少しだけ面白く感じてしまう。

少女はにかりと笑って続けた。

「でもこんな遅くに外に出るなんて初めてだから、知らなかったよ。夜のお空って、綺麗なんだねぇ」

「そうだな。俺は、何度も見ていたはずなんだが、なぜだか気づかなかった」

「……もしかして、お目々が悪いの？」

「ここまでの不敬は初めてだな。逆にせいせいしてくる。……ところで、さっき投げた野草は集めていたものなんじゃないのか？」

「あ！　そうだった。たいへん！　いっぱい投げちゃった。もうちょっとしか残ってないね……」

周囲の白い花を夜闇の中で探しながら、少女はしょんぼりした声を出している。少女が勝手にしたこととはいえ、クロスはなぜだか悪いことをしたような気分になってしまったのだが。

「食べられるかもって思ったんだけどなぁ」

彼女が発した言葉に、「ん!?」と面食らった。聞き間違いだろうか。

「ご飯の代わりにはならなくても、おやつくらいになったらいいと思ったのに……」

まったく聞き間違いではなかった。

「お、おい。お前は、そんなに食事に困るほどの生活をしているのか……?」

いまだ八歳であり、今回の同行が初めての旅となるクロスは困惑のままに声を震わせたが、そこで同時にはっとしたのはエルナだった。

クロスが街の人間ではないということまではまったく思い至ってはいなかったが、こっそり小屋を抜け出し、見つかってしまえば叱責される立場である。母の言いつけを守らなかったという事実は激しくエルナの内面を動揺させた。

とりあえず、思いっきりがたがた上下に震えてめちゃくちゃごまかしてしまうくらいには。

「そそそそそんなことないよ！　ただものすごく、お腹が減った気分で！　えっと、ほら、おやつ！　おやつって言ったでしょ、ご飯だけじゃ足りなくて、ぺこぺこだっただけで!?」

「違うのなら構わないんだが……。その、妙に反応がおかしくないか……？」

「気の所為《せい》だよ！」

「そ、そうか……」

クロスもクロスで、自分の立場を説明したいわけではないので、互いに詮索することをここでやめた。奇跡的な嚙み合わせが起こった瞬間であった。

「ん、んん。まあ俺もそれほど詳しいわけではないが……おそらくその花は食用ではないと思うぞ」

「しょくようではない」

「食べられない、ということだ」

嚙み砕いて伝えると、「そんな……！」と少女は絶望している。本気で食べる気だったんだな、とクロスは思わず無言になった。

けれどすぐにはたと思い出し、顔を上げる。

「腹が減っていると言うんなら……そうだ。夜食にしようと思って少しちょろまかしていたんだった」

「ちょろ……？」

このときすでに、クロスの語彙は王族としてはねじくれ始めていた。それにはヴァイドの記憶が多大に関係していたが、周囲には隠していたので諫《いさ》める者もいなかったのだ。

「ねぇ、ちょろって、なあに……？」

「ええっと、たしか上着の内側に……。ん、違ったか」

少女の問いには聞こえないふりをして自身の体を探ったが、そういえば少女に貸していたのだと思い至る。

「少し触るぞ」

「触る……？」

別に、悪いことをしているわけではない。

少女が袖を通しているクロスの上着に手を伸ばして、内側を確認しているだけである。だというのに妙に気まずいような気持ちになってしまうのは、少女が黙り込んでしまったからだろうか。心臓が奏でているとくとくという音が、指先にまで伝わる。

実はそのときエルナも、少しだけ同じ気分だった。暗闇に紛れていたが、赤くなってしまったほっぺたの原因は、決して寒さだけのせいではない。

「ああこれだ」

と、クロスが取り出したのは紙に包まれた数切れのパンだ。

「切れ端で悪いが、食べてみるか？」

「いいの？」

きゅうっ、と間髪入れず少女のお腹も返事をする。クロスはちょっとだけ笑って、言葉もなく少女の眼前にパンを差し出す。よっぽどお腹が減っていたのだろう。すぐさま少女はパンを受け取り。はくりっ、と口に入れてしまった。

「ん」

喉に詰めたか、とひやりとしたのは一瞬だった。

「んん、んん、んんん～！」

多分これは、歓喜の声である。

「……美味《うま》いのか？」

「んふっ、んふ、んふんふ！」

「食べ終わっていないのに話しかけた俺が悪いんだがな。とりあえず飲み込んでから返事をしろ。水はさすがに持っていないぞ……」

「んふっ！…………美味《おい》しい！」

「うむ。そうか。まだあるぞ、存分に食え」

「わあい、お兄ちゃん、ありがとう！」

そう言って嬉しげな様子なのに、少女は二切れ目を手の中に入れたままぴくりとも動かなくなってしまった。……やはり喉に詰まったか？　とクロスが眉をひそめたとき、

「お母さんにもあげたい。お兄ちゃん、これお母さんにあげてもいい？」

と、話したので、「もちろん、構わないが」と一瞬、気後れして頷いた。

ついさっきまで年相応にはしゃいでいた少女が、唐突に寂しそうに声をひそめたことに驚いてしまったのかもしれない。

「じゃあ、持って帰る！　あとお尻も冷たいから帰る」

「お、おお……」

少女はすぐさま立ち上がり、両手にパンを持ったまま明るい声を出した。

子どもというのはこうして直感的に行動するのだな……と、同じく子どもであるはずだが、クロ

スは心底不思議というか、とても奇妙なものを見たような気持ちになった。

「あっ、そうだ。お洋服返すね。大きかったからお尻で踏んでちょっと汚れちゃってるかも……」

「問題ない。それに寒いだろう。気にせず持っていけ」

「こんなすごいの、盗んだって思われちゃうよ」

なんてこともなく少女はからからと笑いながらパンの包み紙を草の上に置き、よいしょ、よいしょと服を脱いだ。手渡された服を受け取りながら、物を持ち帰るだけで盗みを働いたと疑われることもあるのだと驚いた。同時に、クロスの父が今回の視察で自身の同行を決めた理由も、少しだけ理解できた。

「じゃあね、お兄ちゃん。パン、ありがとう！」

「ああ。今度こそゆっくり食べるんだぞ」

うん！　と少女は大きく手を振り、去っていく。それだけの出会いだった。

こちらも、相手も知られたくない様子だったからあえて忘れることにした。けれども、心に刻まれた感情は今もかすかに覚えている。

＊＊＊

……とまでクロスが話し終えたときには、エルナの膝の上のハムスター精霊がほわわとあくびをしてお昼寝から目覚める頃合いになっていた。

「と、いうことがあったんだが。どうだ、覚えているか？」

そう尋ねるクロスの瞳がいつも以上に優しげなのは、過去を遡っているからかもしれない。

エルナはこくりと頷いた。

「うん、覚えてない」

そしてはっきり、きっぱりと返答した。

がくり、と肩を落とすまでの仕草はしなかったが、それなりに残念に感じているのかもしれない。

クロスは力なく笑っている。

「十年……えっと、十一年？　まあいいや。フェリオルが生まれるよりも前の話でしょう？　覚えている方が無理があると思う」

「そうだろうか……」

「うん。しかも夜で相手の顔もはっきりわからなかったくらいなんでしょ？　その頃は私はエルナルフィアのことを思い出してなかったし、クロスもヴァイドとしての記憶が曖昧だったんならお互いがわからなかったという可能性はあるけど、そもそもそれって本当に私なの？　小さい頃の話なんだし、記憶の一つや二つ、捏造《ねつぞう》していてもおかしくないよ」

あまりにも冷静なエルナの意見に、「それは……」と、珍しくクロスは口ごもった。

よし、とエルナはこっそり心の中で拳を握りしめた。実は、クロスが言うならそんなこともあるのかもしれないと信じてはいたが、当のエルナは本当に、まったくもって覚えていない。そのことがなんだかとても恥ずかしくなってしまっていた。しかも色々と好き勝手したようだし、十年以上前のことなどもう時効にしてほしい……ととにかく強く願っていた。

　このまま勢いよくクロスの気の所為ということにしよう、と他にも否定できる材料を見つけたために、機嫌よく指を振る。

「あとそうだ。私が王都に来たときはローラと一緒だったけど、クロスに会ったことがあるだなんて一言も言っていなかったよ。カルツィード男爵のもとに前国王様が視察にいらっしゃっていたのなら、息子であるクロスとも面識がないと変じゃない？」

　道中の馬車でも、ローラとエルナの二人が城に滞在していた間も耳にしていない。

　そこまで言った後に、エルナは自身の言葉に一理あるような気がしてきた。

　やっぱり昔々に会ったなんて、クロスの勘違いだったんじゃないかな、なんて。

「それなら」

　しかしクロスはぱっと表情を明るくした。

「あのとき俺は正式に視察に同行していたわけではなかったからな。従者の一人として身分を隠していたんだ。そちらの方が自由に動き回ることができるし危険も少ない。本来なら、まだまだ視察に出る年齢ではなかったからな」

　クロスは当時を思い返してか、うんうんと一人で頷いている。

「早すぎる同行の許可は、俺自身の勉強のため……と、当時は考えていたが、もしかするとヴァイドとしての記憶を思い出したために塞ぎ込みがちだった俺を父君や母君が心配してのことだったのかもしれない。もはや確認する術《すべ》はないが……」

「………」

しんみりとしているクロスには悪いが、一つの理論をひっくり返されてしまうと、全部が間違っているように思えてくる。エルナは焦った。

「……やっぱり、俺たち昔に出会っていないか？」

「気の所為だと思うよ」

即座にエルナは無表情のままそっぽを向いた。

「そうか……。俺も幼かったからな……そのときは多くの領に訪れたし、目立たぬようにしていたから詳細に覚えているかと聞かれればたしかに少し難しい。父君ならともかく、俺自身は正式な訪問ではないため、どの領に訪れたのかといった記録は残ってはいないだろうし……ん？　そうか、当時の父君の記録ならば保管庫に残されているだろうから、そこからたどれば」

「うわあ、美味しそうだなぁ！」

そこでエルナはわざとらしい声を上げた。もうこれ以上、深掘りするのはやめてくれ、という叫びでもあった。

「クロス、食べてもいい？　これが何かよくわかんないけど！」

「エルナからねだるのは珍しいな。いいぞ、存分に食え。ちなみにそれはスコーンという名だ」

エルナはほふり、とすぐさま口の中に放り込んだ。

下手なことをこれ以上言う前に、というつもりだったのだが、いざ食べてみると震えた。

見かけはただの丸くて硬そうなパンだ。でも味は全然そうじゃない。バターの風味が口いっぱいに広がって、さくさく、ほろりと崩れていく。一体、何これ。

「クリームもつけてみろ。美味いぞ」

「…………！」

エルナは思わずのけぞった。クリームといえば甘いものだと思っていた。なのにこれは、そう甘じょっぱい。少しのしょっぱさが、さらにバターのコクを深めている。端的にいうと、とても美味しい。

エルナの膝でいつの間にか覚醒していたハムスター精霊までおこぼれにあずかり、『はむじゅらー！』と喜びの悲鳴を上げてがくがくしている。

エルナはハムスター精霊と喜びを分かち合った。美味しいものは、ちょっとだけ。ほんの少しずつ大切に食べていく。それが楽しい。ごんすごんす、とハムスター精霊もほっぺたをぱんぱんにさせてにっこりしていた。

そしてクロスはといえば一人と一匹の反応を見て、とても満足そうに腕を組んでいる。

「うんうん。……俺が妙にエルナに食わせたくなるのは、昔の思い出がひっかかっていたからだと思ったんだがなぁ」

しかしまだ諦めていないようなので、エルナはさらに次の話題を提供することにした。

「あ、こっちは知ってる。パウンドケーキっていうんでしょ」

ピクニックシートの上にあるさらに別の菓子に視線を投げかけて、ふふん、と胸をはってみた。

スコーンの隣には分厚い長方形の形をしている茶色い焼き菓子も置かれている。

エルナだって、だてにメイドとして城で働いているわけではない。以前よりもずっとたくさんのことを覚えたのだ。

「ん、ああ……」

なぜだかクロスの反応は鈍い。腕を組んだまま、何か考える仕草をしている。どうかしたのだろうかとエルナは首を傾げてしまった。

「今日は昼代わりにするつもりで持ってきたからな。せっかくだ、食べてみろ」

「……焼き菓子はお昼にはならないと思うけど？」

「なんにせよ、俺一人では量も多い。ほら」

あっという間に備え付けてあった小さなナイフで四角に切り取り、エルナの前に置かれた皿の上にのせられてしまった。ご丁寧にもフォークまで準備されており、これではどちらが主《あるじ》で、どちらがメイドなのかわからない。

「……お腹が減っているわけではないんだけど」

と、言い訳のように呟いてしまったのは、きっと過去のことを聞かされてしまったからだろう。

すでに同じようにパウンドケーキを渡されているハムスター精霊は、頬に入れた瞬間、ほわわわっと震えてほっぺを両手で持ち上げながら、驚きの顔をして髭をふよふよさせている。何があったというのか。

「……なんだかちょっと変じゃない？」

「変じゃない。うまいことに違いはない」

「まあ、いいけど……パウンドケーキなら、前に食べたことが……んんっ？」

しっとりした触感の卵色の生地にフォークを刺し入れて、一口大にしたそれをぱくりと口に含む。瞬間、エルナは目を丸くした。

してやったり、とばかりにクロスはいたずらめいた笑みをこちらに向けている。

「塩味のケーキ《ケークサレ》だ。具材も玉ねぎ、ベーコンと昼には丁度いいだろう。どちらかというと、朝食に近いメニューかもしれないがな」

「ほ、ほんとだ。中に入っているのも果物じゃない……」

ケーキといえば、甘いものばかりだと思っていた。しかし塩味のケーキとはいっても、中にはわずかな甘みも残っている。

スコーンにつけた甘じょっぱい生クリームと同じく、甘じょっぱいは偉大だった。中のしっとり、具材がぎっしり入った部分ももちろん幸せの味をしているのだが、これが食パンならば耳になるであろう茶色いカリカリした部分がこれまた美味しい。焼けている部分が多い、端っこをメインで食べたくなってしまうほどである。

「たまには、こんな昼食も……ありなのかな……」

「ちなみに焼き立ても美味いが、翌日チーズをのせてカリカリにして焼くと、それはそれでさらに美味い」

「あああ……」

呻《うめ》いた。そんなの夜食のおともにしたくなってしまう。想像しながら二口目を口にしたそのときだった。

「ん？」

「何かあったか？」

「これ、食べたことあるかも」

ぽつりと呟いたのは、かすかによぎる過去の記憶。でもそれをさらに呼び起こそうとしても、形のない風のように、ふわりと通り過ぎてしまう。自分でもはっきりとわからないくらいな、とても曖昧な感覚だった。

美味しそうに頬張るエルナを微笑ましく見ていたクロスは、わずかに目を見開いた。

どうしたのだろうかと瞬き見上げると、「それが、パンだ」と短くクロスは一言だけ。

すぐにそれだけでは足りないと気づいたらしい。「それが、エルナがあのとき『パン』だと言っていたものだ」

あのとき。

月明かりの下で、美味しいと声を上げて食べたパン。

たしかに以前のエルナはパウンドケーキというものを知らなかったから、渡されて食べたのならば、『とても柔らかいパン』だと勘違いするかもしれない。甘じょっぱい味は、お菓子とは到底思えなかっただろうし、そもそも甘いものなんて知らなかった。

「……だから、俺も今この話をしたんだ。思い出したのか？」

なぜだかクロスはとても神妙な声を出して、エルナを窺《うかが》いながら問いかけた。エルナはじっと

『とても柔らかいパン』を見つめながら、考える。

「………全然、まったく」

「そうか……」

ふとしたときの匂いから忘れていたはずの幼い記憶が蘇《よみがえ》ることもある。それに近い感覚だったが、所詮はそんな気がするといった程度で細かい状況まで呼び起こされるわけではない。だいたい、クロスの話を本当とするのならば当時のエルナはまだ五歳だ。思い出として捉えるには、少し幼すぎた。

尋ねたクロスはといえば、なぜだか複雑な顔をしていた。エルナが忘れていることに対して残念がっているようにも見えるし、ほっとしているようにも見えた。とても自分から話題に出した人間の顔つきではない。

訝《いぶか》しい気持ちでクロスの顔を窺うと、クロスはぱっと目を大きくさせて「悪い」とくしゃりと表情を崩した。一瞬のことで、すぐに視線をそらされてしまったので見間違いかと思うほどだったが、そうではないことはクロスの態度が物語っている。

「悪いって……何が？」

「だから、その。真実、過去に俺とエルナが会ったことがあるというのなら……お前の母を救うことができたのではないか、と」

そしてエルナが虐げられていた過去を、少しでも短くすることができたのではないかと。

そう、濁した言葉の中に意味を含めていた。しかしエルナとしてみれば、「ああ……そんなこと？」と軽い返事をするしかない。

「そんなことって、お前な……」

「うん。全然そんなことではないね。でも、そんなのはただの仮定だから。過去を悔いたところで何が変わるわけでも……ないと思う」

さらりと言ったつもりが、最後のところは少し言葉に詰まってしまった。

過去と現在。それは今もなおエルナを苦しませ、けれど前を向くために必要な存在だった。まるで裏と表の関係のようで、少し不思議だ。

「……うん」

「エルナ？」

「ごめんなさい、少しぼうっとしてた」

エルナは慌てて小さく首を横に振る。

「なんだっけ。そう、可能性の話よね。それなら別の可能性もあったよ。クロスが私たちの現状を知って、もしカルツィード男爵に直談判《じかだんぱん》してしまったのなら。そのときは、男爵は迷うことなく私と母を殺していたんじゃないかな」

「それは……」

「すごくありえる話だと思う。男爵は法を犯したことを糾弾されるくらいなら、もとの現況を消してしまえばいいと短絡的に考える人だったから。あのときは状況が違う。私はエルナルフィアの記憶を思い出していなかったし、自分も、母も守る力もなかったから……」

あのときとは、エルナが自身の力をカルツィード家に知らしめ、またクロスがエルナの母への処遇を知り、男爵とその家族への断罪を言い渡したときのことだ。

まだ半年ほどしかたっていないはずなのに、随分昔のことのように感じてしまう。

エルナが話した想像は、奇《く》しくも彼女の母が考えたものと同じだったが、そのことはもちろんエルナは知らない。

ゆっくりと、エルナは話を続けた。

「……そもそも。過去のことを言い出したら、私がさっさとエルナルフィアの記憶を思い出しておけばよかったのにという話になってしまうよ」

「それはまた話が違うだろう」

「ありがとう。でも、そういうことだよ。私の考えが違うと言うんなら、クロスが過去を悔いることも違う。気持ちだけは受け取るけどね」

「んん……」

クロスは煙に巻かれたように顔をしかめて唸《うな》っていたため、エルナはそんな珍しい彼の表情を見てわずかに口の端を緩めた。してやったり、とまで思ったわけではないが、それだけ考えてくれているということが嬉しかったという気持ちもあるのかもしれない。

けれど、後ろを見続けることはやっぱり違う……と、思う。

奇妙な沈黙が落ちてしまったが、エルナとクロスがこうしている間もハムスター精霊はほっぺをいっぱいにして、『とてもデリシャスでがんす』と嬉しそうに鼻をふんふんさせていた。歪《ゆが》みないいハムスターである。

エルナとクロスはなんとなく互いに視線を合わせて、吹き出すように笑った。

「この後は諸侯の貴族たちと顔合わせをする予定が入っているからな。俺も食うか」

「お昼代わりなんだっけ？　じゃあ急がなきゃ」

「エルナも食え。一人では食いきれんぞ」

「……初めからそのつもりで二人分用意させたの？」

「ばれたか」

このいたずらめいた彼の笑い方が、エルナは好きだ。

ヴァイドとしての記憶を持つ、けれどもクロスとして生きる、若い青年王のことが。

「うん、やっぱり美味しい」

昔食べたはずのしょっぱいケーキを口にして、エルナはやんわりと頰をほころばせる。その様子を見ていたクロスも、ひっそりと同じ表情をしていた。夏の暑い日差しも、キアローレの大樹の下までは届かない。爽やかな風と濃い緑の香りがエルナの鼻孔をくすぐる。

「……本当に、美味しいなあ……」

大樹を見上げながらぽつりとエルナは声を出したが、実はこのケーキを食べたとき、はっきりと思い出したことがあった。幼い頃に甘じょっぱくて、柔らかく四角いパンを誰かからもらったことを。

その誰か、というのが誰なのかまではわからないけれど、母に美味しいものを食べさせてあげることができるのが嬉しくて、エルナは寒い夜道を必死に走った。

ひもじくて、寂しく、不安だったはずの行きの道とは全然違っていて、ただの数切れのパンをとても大事な宝物のように抱きしめ、星屑《ほしくず》がこぼれた道をきらきらと走り抜けた。

帰ってみると、眠っていたはずの母はとっくに起きてエルナを捜していたらしく、泣き出しそうな顔でエルナを強く抱きしめた。もう少しで大変な騒ぎになっていたかもしれないと感じた、そのときのぞっとした気持ちを強く覚えている。

それからなんらかの叱責を母から受けたはずだがすっかり記憶は飛んでいて、次に覚えているのは母と一緒に硬いベッドの上で寝転がり、薄っぺらい布にくるまっている記憶。

もらったパンは、母と二人で食べたのだろうか？

母の笑顔も覚えていれば嬉しかったのに、残念ながらそんな都合よくはいかない。母にすべてを渡すつもりで持って帰ったが、結局は勧められるままに自分も食べてしまったのかも……と考えるとなんだか情けなくなるが、まだ子どもだったのだから、そんなものなのかもしれない。

けれど、少しでも母がこの美味しいパンを食べて、微笑んでくれていたらいい。そうも願った。

記憶の中で、母は小さなエルナの体をとん、とんと優しく叩《たた》いてくれた。夜に抜け出してすっかり疲れ切っていたエルナはすぐに眠くなってしまって、ぱちり、ぱちり……と何度もゆっくりした瞬きを繰り返していた。

そのとき母が言った言葉。それだけは、今もしっかりと耳に残っている。

「エルナ、苦しい時間は砂時計みたいなものなのよ」

「……すなどけいってなあに？」

「砂で作った時計のこと。太陽ではなくて、砂の流れで時間がわかるの」

「ふーん。変なのー」

そうね、と母は笑ったかもしれない。

「だからね、今は苦しいときだとしても、いつかはさらさらと流れていくものだから。ただ、時間は砂が流れているだけなの。怖くなんて、何もない」

「私、怖いことなんてないよ。ローラは……好きじゃないけど。でも、お母さんがいるから、たのしい」

「本当に？　嬉しいわ。私もエルナがいるから幸せ」

砂時計の話は、実は何を言われているのかわからなかった。母と話すことができるのが楽しくて、眠たい目をうっとりとこすり返事をしただけだった。しかし母の言葉を聞いたとき、それはたのしいではなくて、しあわせと言うんだな、とぼんやりと考えた。

「……これから先、エルナにたくさんの幸せが訪れますように。たくさんの幸福がありますように……」

子守唄のように呟かれた声を聞き、とん、とんとなでられながら、エルナはうっとりと幼い瞳を閉じた。

こうした優しく柔らかい時間は、エルナの中にたくさん眠っている。

「つかの間の休憩だな」

クロスがからからと笑っていた。「……そうだね」と遅れて返事をしてしまったのは、少し考え事をしてしまっていたからだ。

――今も、砂時計は流れているのだろうか。

クリーム色をした、さらさらと細かな砂が時間という目に見えぬものの隙間をするりと通り抜けていく。ふと、そんな想像をしてしまった。

誰がひっくり返すのかも、そもそもひっくり返されることがあるのかもわからない砂時計の中を、エルナたちはただ必死に泳いでいるだけなのかもしれない。

それでも木陰の中から差し込む光を見るとひたすらに懐かしいような優しい気持ちになるし、揺れる葉が奏でる音を聞くと、ふとした瞬間、胸の内が温かくなる。

けれど、今はこれほどまでにしっかりと鮮やかに瞳に映る景色も、いつの日か色褪《いろあ》せてしまうのかもしれない。

そういえばあんなこともあったな、と思い返す程度となって。

(……それでもいいのかもしれない)

時間とは、本来そうしたものだ。

だからこそ今を尊く感じ、人は忘れたくない感情を強く胸に刻みつける。

「うん。幸せだ。俺はこんな時間のために、生きているのかもな」

「……何を言っているんだか」

『ふはー！　どれもうめーでごんす！』

「そっちはそろそろごちそうさましとこうか。頬袋が弾《はじ》けるよ」

『ぢゅ、ぢゅらー!?』

ほんの少しの寂しさは、きっと新たな喜びを運んでくれるに、違いない。

あとがき

こんにちは、雨傘《あまがさ》ヒョウゴと申します。毎度のお礼となりますが、『ウィズレイン王国物語2〜虐げられた少女は前世、国を守った竜でした〜』をお手にとっていただき、本当にありがとうございます！

二巻ということで、クロスとエルナ、二人の縮まった距離はさらに近くなり、恋愛面での進歩も見られる……のではないでしょうか！　新キャラも登場しウィズレイン王国はどんな国なのか、また周囲の国々は……と、エルナの世界も広がっていきます。

ＷＥＢ版から応援してくださっている方はご存じかもしれませんが、ウィズレイン王国はもとは短編として書いたお話でした。けれども書き終わった際、「エルナのことをもっと書いてみたいな……」という気持ちがむくむくと広がり長編化してしまったわけですが、そのときはここまで話が膨らむとは思わず、想定外の嬉《うれ》しさが、あとがきを書いている今もふわりと胸の内に広がります。

話は変わりますが、実は私は編み物が趣味です。

今現在少しずつ寒くなってくる頃合いですので、さらに楽しくなってしまうのですが、編み物のいいところは、一本の糸でできている、というところだと思っています。もちろん色を変えるためや、糸が足りなくなった際に追加したり形を変えるために途中で切ったり……ということはありますが、できあがった作品の糸をほどくとまたもとの形に戻ります。

小説も、とても乱暴な言い方をすればですが、ひらがなで開けばたったの46文字なのに、無限に組み合わさることでたくさんの素敵な小説や文章がこの世には溢《あふ》れているんだな……とぼんやりと考えるときがあります。一本の糸から編み進めてできる編み物と、文字を組み合わせて作り上げる小説。どうでしょうか、ちょっとだけ似ていませんか。そんなことないですか。

これからも編み物のようにゆっくりと文字を綴《つづ》り、ほんの少しでも、読んでくださる方が温かな気持ちになれるような、そんな物語をお届けできればとても嬉しいです。

最後になりますが、この場を借りましてお礼の言葉を申し上げます。

オーバーラップ編集部の皆様、また担当編集のH様。一巻発売の四ヶ月後に二巻を、という話を最初に聞いた際、「うわあああ頑張りたいですが自信がないです！　できないかもです！」とネガティブすぎるのにやりたい気持ちは溢れてどっちゃやねん、となっている私をいつも励まし、見守ってくださり本当にありがとうございます。アドバイス、いつも身に沁《し》みます。イラストレーターのＬＩＮＯ先生。書き下ろしがまたお茶会となってしまったのは、先生の表紙が素敵すぎてこうなりました。あと新キャラのカイルヴィスのキャラデザ、なんでこんな格好いいんですか……！

そして、読者の皆様方。応援してくださる皆様のおかげで、こうしてまたお届けすることができました。どうかまた、皆様とお会いできる日を心待ちにしております。

雨傘ヒョウゴ

作品のご感想、
ファンレターを
お待ちしています

あて先

〒141-0031　東京都品川区西五反田 8-1-5 五反田光和ビル4階
ライトノベル編集部
「雨傘ヒョウゴ」先生係／「LINO」先生係

スマホ、PCからWEBアンケートにご協力ください

アンケートにご協力いただいた方には、下記スペシャルコンテンツをプレゼントします。
★本書イラストの「無料壁紙」　★毎月10名様に抽選で「図書カード（1000円分）」

公式HPもしくは左記の二次元バーコードまたはURLよりアクセスしてください。
▶ **https://over-lap.co.jp/824006882**
※スマートフォンとPCからのアクセスにのみ対応しております。
※サイトへのアクセスや登録時に発生する通信費等はご負担ください。

オーバーラップノベルスf 公式HP ▶ **https://over-lap.co.jp/lnv/**

ウィズレイン王国物語 2
～虐げられた少女は前世、国を守った竜でした～

発行　2023年12月25日　初版第一刷発行

著者　雨傘ヒョウゴ

イラスト　LINO

発行者　永田勝治

発行所　株式会社オーバーラップ
〒141-0031
東京都品川区西五反田8-1-5

校正・DTP　株式会社鷗来堂

印刷・製本　大日本印刷株式会社

©2023 Hyogo Amagasa
Printed in Japan

ISBN　978-4-8240-0688-2 C0093

※本書の内容を無断で複製・複写・放送・データ配信などをすることは、固くお断り致します。
※乱丁本・落丁本はお取り替え致します。左記カスタマーサポートセンターまでご連絡ください。
※定価はカバーに表示してあります。

【オーバーラップ　カスタマーサポート】
電話　03-6219-0850
受付時間　10時～18時（土日祝日をのぞく）

第11回 オーバーラップ文庫大賞
原稿募集中！
イラスト：じゃいあん
【締め切り】
第1ターン 2023年6月末日
第2ターン 2023年12月末日
各ターンの締め切り後4ヶ月以内に佳作を発表。通期で佳作に選出された作品の中から、「大賞」、「金賞」、「銀賞」を選出します。
その物語は、
きっと誰かが
好きな物語。
【賞金】
大賞…300万円
（3巻刊行確約＋コミカライズ確約）
金賞……100万円
（3巻刊行確約）
銀賞………30万円
（2巻刊行確約）
佳作………10万円
投稿はオンラインで！ 結果も評価シートもサイトをチェック！
https://over-lap.co.jp/bunko/award/
〈オーバーラップ文庫大賞オンライン〉
※最新情報および応募詳細については上記サイトをご覧ください。
※紙での応募受付は行っておりません。